Jürg Obrist

Lauter klare Fälle?!

Der vorliegende Sammelband enthält die beiden Einzeltitel ›Klarer Fall?!‹ und ›Alles klar?!‹

Jürg Obrist, geboren 1947, absolvierte eine Lehre als Retuscheur und besuchte die Fachklasse Fotografie an der Schule für Gestaltung, Zürich. Nach einem langjährigen USA-Aufenthalt lebt er heute als freier Illustrator mit seiner Familie in Zürich. Er gestaltet Bilder- und Kinderbücher und arbeitet für zahlreiche Kinder- und Jugendzeitschriften.

Weitere Titel von Jürg Obrist bei dtv junior: siehe Seite 4

Jürg Obrist

Lauter klare Fälle?!

80 Minikrimis im
großen Sammelband

Deutscher Taschenbuch Verlag

Von Jürg Obrist ist außerdem
bei dtv junior lieferbar:
Klarer Fall?!, dtv junior 70506
Verflixt, das Klasofon ist weg!, dtv junior 70966

Originalausgabe
In neuer Rechtschreibung
3. Auflage Juli 2006

www.dtvjunior.de
Umschlagkonzept: Balk & Brumshagen
Umschlagbild und Titelschrift: Jürg Obrist
Gesetzt aus der Akzidenz Grotesk 15/18,2'
Gesamtherstellung: Kösel, Krugzell
Printed in Germany
ISBN-13: 978-3-423-70920-0
ISBN-10: 3-423-70920-0

Detektivbüro Bohne & Co.

Im Detektivbüro Bohne & Co. läuft das Telefon heiß. Rund um die Uhr sind die zwei Spürnasen Kalle Bohne und Gitta Gurke im Einsatz, um Gaunern, Schwindlern und anderen zwielichtigen Gestalten das Handwerk zu legen. Selbst die verrücktesten Fälle knacken sie mit Leichtigkeit.

Und wir sind mit am Tatort! Denn wir begleiten Kalle und Gitta bei ihren Ermittlungen. Aber aufgepasst: Hier wird geschwindelt und geflunkert! Nur wer die Texte gründlich liest und die Bilder genau anschaut, findet die Spur zu den Tätern. Also los, Kalle und Gitta sind schon unterwegs …

Frau Moll und der seltsame Geist

Frau Moll hat Gitta Gurke zu sich gerufen. Ihre Stimme zittert vor Aufregung: »Um 10.55 Uhr trat ich aus der Küche, da stand eine Gestalt im Flur, verhüllt mit einem weißen Leintuch. Sie rannte blitzschnell zum Ausgang, krachte dabei kopfüber gegen die Tür und verschwand schließlich im Treppenhaus. Nach dem ersten Schreck habe ich dann bemerkt, dass mein Lottoschein, ein Haupttreffer, verschwunden ist!«
Für Gitta besteht kein Zweifel. Der Geist ist unter den übrigen drei Hausbewohnern zu suchen. Sie werden von Gitta gleich befragt, wo sie sich um 10.55 Uhr aufgehalten haben.

Hier ihre Aussagen:

Frau Ziebel: »Ich habe erst die Betten gemacht und dann begonnen zu kochen.«
Herr Bollte: »Ich bin eben vom Einkaufen zurückgekehrt.«
Herr Nassel: »Ich habe heute lang ausgeschlafen, bin spät aufgestanden und komme gerade eben aus der Dusche!«

Welche der drei Aussagen ist falsch und entlarvt den diebischen Geist?

Die begehrte Bierdeckelsammlung

Dorin Dachsel ist im Auftrag des Auktionshauses Lötzle & Co. mit einer Sammlung seltener Bierdeckel unterwegs zum Bahnhof. Um 10.00 Uhr geht ihr Zug nach Hamburg. Dort erwartet sie ein interessierter Käufer. Kalle begleitet seine alte Freundin zum Bahnhof. Walo Rabe, ein früherer Mitarbeiter von Dorin, der mit ihren Geschäften bestens vertraut ist, folgt den beiden unauffällig. Walo, selbst ein fanatischer Sammler von Bierdeckeln, will unbedingt in den Besitz der wertvollen Stücke gelangen. Als Dorin den Koffer mit den Bierdeckeln abstellt und sich an der Anzeigentafel informiert, von welchem Gleis ihr Zug abfährt, schlägt er blitzschnell zu und verschwindet in der Menge. Doch er hat seine Rechnung ohne Kalle gemacht! Denn der hat genau beobachtet, wie Walo sich in den Besitz der Sammlung gebracht hat, und weiß auch, wo er jetzt steckt. Ihr auch?

BONN
BRÜSSEL 3
ROM 14
15
HAMBURG 7
ZÜRICH 11
PARIS 2
BISTRO
15

Das Silberplattschwänzchen

Das Türchen weit offen, der Käfig leer – so findet Wella Schnabel die Behausung ihres geliebten Silberplattschwänzchens vor. Der Vogel, eine seltene Wellensittichart, wurde gestohlen – da ist sie ganz sicher. Ihr Verdacht fällt sofort auf Tino Friedlicher, den Hausmeister. Er hat ihr doch noch vorgestern geraten den seltenen Vogel für viel Geld an der Vogelbörse zu verkaufen!
Kalle verspricht Frau Schnabel bei Friedlicher vorbeizugehen. Aber der knurrt nur: »Ach wo, ich hab Frau Schnabels Vogel nicht. Ich kann Vögel nicht ausstehen.«
Kalle hat aber scharfe Augen. Etwas bei Friedlicher weist darauf hin, dass er den Vogel bei sich versteckt hält. Sicher will er ihn selbst an der Vogelbörse verkaufen.
Was hat Kalle entdeckt?

LILLI
LOLLI
BLITZ
BREI
DOOF
SUPPE
VOGEL-
FUTTER
REIS
BOHN
2
MINUTEN
REIS
PUTZ
ABW
CORN
FLAKE
WOCHEN-
NACHRICHTEN

Orlando, der Verwandlungskünstler

Gitta Gurke sitzt im Bus zum Flughafen. Ein paar Reihen vor ihr hat Orlando Glitzo, ein äußerst geschliffener Händler mit gefälschten Diamanten, Platz genommen. Gitta hat den Auftrag, ihn diskret zu beschatten und zu verhindern, dass er mit dem Flugzeug das Land verlässt. Es ist nicht schwer, den Gauner mit seinem Gepäckstück im Auge zu behalten, denn er trägt einen auffälligen, riesigen Schnurrbart. In der großen Schalterhalle des Flughafens verschwindet Orlando allerdings in Richtung Herren-Toilette. Pech für Gitta! Sie wartet

verärgert hinter einer Säule darauf, dass er wieder auftaucht. Aber vergeblich, Orlando bleibt verschwunden. Der Gauner muss sich auf dem stillen Örtchen in eine andere Person »verwandelt« haben und so Gittas scharfem Blick entgangen sein. Er ist also drauf und dran, das Land doch noch ungehindert zu verlassen!
Aber Gitta gibt nicht auf. Und tatsächlich – ihre Beharrlichkeit wird belohnt. Da geht er ja.
Woran hat sie den Verwandlungskünstler Orlando wiedererkannt und wo steckt er?

Wenn's um die Nudel geht

Die berühmte Teigwarenfabrik Mac Aroni Inc. will ihr gesamtes Nudelprogramm erneuern. Namhafte Nudelkünstler schufen die vorerst streng geheime »Nudelkollektion 2000«. Presse und Fernsehen versuchen mit allen Mitteln als Erste von der neuen Kollektion berichten zu können. Da beobachtet der Lehrling Zipo durch die Milchglasscheibe des Chefbüros, wie die Entwürfe heimlich einer unbekannten Dame zugespielt werden – bestimmt ist sie eine Journalistin! Zipo will seine Entdeckung gleich Kalle und Gitta melden. Er muss aber zugleich die Unbekannte auf der Straße im Auge behalten, damit die Detektive ihr die Entwürfe abnehmen können. Wer kann sie für Zipo in der Menge ausfindig machen?

MUSEUM
NUDE
1880 GE
MAC-A

Die umgelegte Eiche

Wenzel Läubling traut seinen Augen nicht, als er frühmorgens von einer lustigen Party nach Hause kommt. Jemand hat während seiner nächtlichen Abwesenheit die 100-jährige Eiche in seinem Garten gefällt! Gleich denkt Läubling an Axel Kauz von nebenan. Der Kerl hat doch ständig über den Schatten der Eiche gemeckert!
Läubling ruft seinen Freund Kalle zu Hilfe und bereits um halb sieben stehen sie bei Axel Kauz vor der Haustür. Wütend beschuldigt Läubling seinen Nachbarn, aber Axel weist die Vorwürfe energisch zurück: »Ich war selbst die ganze Nacht nicht zu Hause, sondern hab bei meiner Schwester Lizzy geschlafen«, schnaubt er. »Ich bin erst vor fünf Minuten heimgekehrt. Da kann ich deine Eiche wohl kaum abgesägt haben!«
Kalle hat schon längst gemerkt, ob Axel die Wahrheit sagt. Ihr auch?

MORGEN
BLATT
1lt.
Milch

KECK-BIER

Die verflixte Kasimodo-Bande

Gitta und Kalle haben Wind davon bekommen, dass die berüchtigte Kasimodo-Bande sich im Städtchen Pfundheim aufhält. Kalle und Gitta kennen die drei Kasimodo-Brüder Lucky, Nicky und Teddy schon lange. Jetzt gibt es Anhaltspunkte über ihre neuesten Pläne, denn Lucky wurde in der Haifisch-Kneipe bei einer heißen Schokolade gesehen. Als Gitta und Kalle dort eintreffen, finden sie einige Indizien, die erkennen lassen, was das Gaunertrio als Nächstes plant.
Wo und wann kann man die drei Brüder auf frischer Tat überraschen?

Wir wechseln
Ihre Dollars
zum
Höchstkurs

Moritz in der Wechselstube

Moritz Schräg tritt in die Wechselstube. Am Schalter schiebt er diskret ein dickes Bündel Dollarscheine durch die Öffnung des Glasfensters. »Wechseln, bitte«, sagt Moritz gut gelaunt. Da klopft ihm plötzlich jemand auf die Schulter. Kalle Bohne persönlich! Er bittet Moritz höflich, aber bestimmt ihm ins Chefbüro der Wechselstube zu folgen. Warum?

Kitzo taucht unter

Der Zauberkünstler Kitzo ist ein Schwindler, der den Leuten mit miesen Tricks das Geld aus den Taschen zaubert. Seit Wochen schon ist ihm Kalle Bohne auf den Fersen, aber bisher hatte Kitzo immer die Nase vorn. Jetzt hat Kalle einen Hinweis, dass sich Kitzo bei seinem früheren Kumpel Karlo Katz versteckt. Sollte endlich der Moment gekommen sein, um Kitzo zur Rede zu stellen?
Karlo Katz, selbst ein etwas zweifelhafter Kauz, wohnt schon länger friedlich in einem Häuschen am Stadtrand. Als Kalle Bohne bei ihm auftaucht und nach Kitzo fragt, streicht Karlo sich nur über seinen Glatzkopf und winkt gelassen ab: »Ich bin ganz alleine hier. Schau dich ruhig um, Bohne! Hier wohnt niemand außer mir. Du kannst Kitzos Foto lange schwenken, ich habe ihn seit Monaten nicht mehr gesehen!«
Doch für Kalle ist rasch klar, dass Karlo nicht die Wahrheit sagt und Kitzo tatsächlich bei ihm wohnt. Was weist darauf hin?

LASSE
FLITZ
LEO OIL
328
RAUCHEN
F98
WASSER
3
LEO OIL
NUR
F98
3
STOSS-

Aus dem Rennen!

Beim Bockenring-Grandprix brausen die Rennwagen heulend über die Piste. Das berühmte Autorennen steht kurz vor der Entscheidung. Und – wie könnte es anders sein? – Lasse Flitz liegt wieder einmal haushoch in Führung.
Wie alle anderen muss aber auch Lasse mit seinem Wagen vor dem Endspurt nochmals an die Box, um seinen leeren Benzintank aufzufüllen. Lasse fährt mit dem besonderen Benzingemisch F98. Sein Motor ist speziell für diesen Treibstoff gebaut. Weil Lasse den Verdacht hat, dass man seinen Sieg verhindern will, hat er Gitta gebeten seine Box im Auge zu behalten. Tatsächlich macht Gitta einige Beobachtungen, die Lasses Verdacht bestätigen! Während sein Wagen aufgetankt wird, kann sie mitverfolgen, dass falsche Service-Leute ihn schlagartig aus dem Rennen werfen wollen. Wie?

Hulda Schlottes Kostümparty

Im großen Kursaal lädt Bürgermeisterin Hulda Schlotte zum großen Kostümball. Die Gäste erscheinen in den verrücktesten Verkleidungen. Plötzlich wird Hulda ein anonymes Schreiben mit dem Foto eines Mannes in die Hand gedrückt. Laut dem Brief befindet sich unter den verkleideten Gästen auch ein dubioser »Tombola-Spezialist«. Er will angeblich das auf Mitternacht angesetzte Feuerwerk schon früher abfeuern, um in der so gestifteten Verwirrung heimlich mit dem großen Tombolapreis zu verschwinden.
Hulda ruft sofort nach Kalle. Er mischt sich diskret unter die Gäste, um den unerwünschten Störenfried zu finden. Das sollte nicht allzu schwer sein. Nicht wahr?

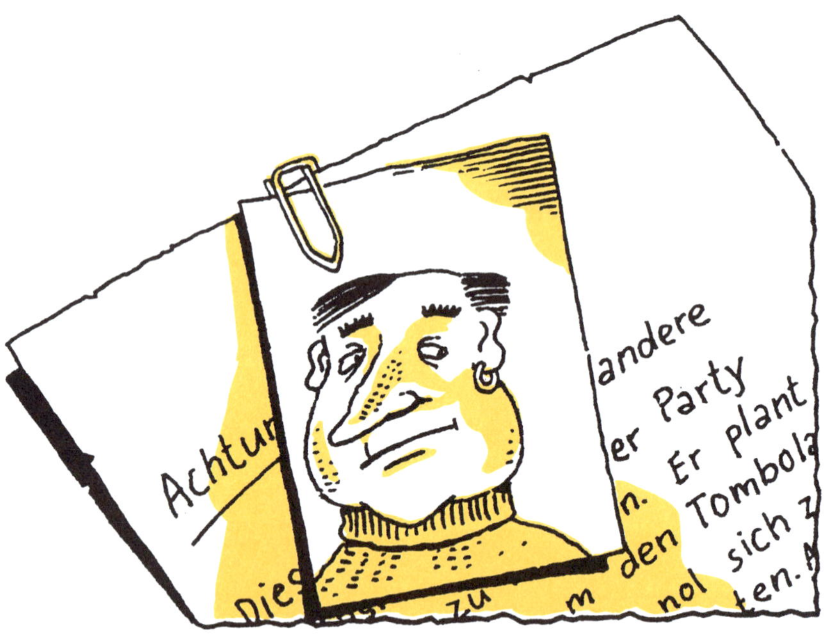

Der Sumatra-Saphir

Wilfried Täuschbein geht unruhig in seinem Juweliergeschäft auf und ab. »Der Sumatra-Saphir, mein schönstes Stück, ist weg«, stottert er.
Gitta Gurke schaut sich im Geschäft um. »Erzählen Sie bitte alles der Reihe nach«, sagt sie.
Herr Täuschbein holt tief Luft: »Es ging alles so schnell. Um ca. 17.15 Uhr betrat ein Herr den Laden. Er interessierte sich für den Sumatra-Saphir. Wir gingen in den Kundenraum hinter dem Laden, um ungestört zu sein. Der Herr schaute sich den wertvollen Stein an. Plötzlich sprang er auf und rannte damit in den Laden hinaus. Von dort schlug er die Tür zum Kundenraum mit einem Fußtritt zu und flüchtete auf die Straße. Durch den Vorsprung konnte er sich leicht unter die vielen Passanten mischen.«
Gitta mustert das Geschäft noch einmal genau und hat dann nur noch eine Frage an den Besitzer: »Ist der Stein versichert?«
Als Herr Täuschbein die Frage bejaht, ist sie sich sicher, dass der Juwelier den Diebstahl nur vortäuscht, um die Versicherungssumme zu kassieren. In seiner Schilderung kann nämlich eine Kleinigkeit nicht stimmen. Welche?

KUNDENRAUM
DIPLOM
TAUSCHBEIN

Der entschwundene Hotelgast

»Ich hatte gestern schon ein ungutes Gefühl, als sich der Kerl mit so einer unleserlichen Schrift ins Gästebuch eintrug«, schimpft die Dame im Empfangsbüro des Hotels Abendruh. Am Tag zuvor war ein Herr in ihrem Hotel abgestiegen, der nach dem schönsten Zimmer des Hauses verlangt hatte. Am nächsten Morgen war er spurlos verschwunden – ohne sein Zimmer zu bezahlen! Spurlos? Kalle Bohne scheint da anderer Ansicht zu sein. Ein Besuch im Zimmer des Zechprellers macht alles klar. Wo und wann könnte man ihm die Hotelrechnung unter die Nase halten?

HO
STADTPLAN
14 JULI
CHOCO PRALINEN
KINOS
ALPHA

Bruno muss passen

Panik im Hoftheater. Noch drei Minuten bis zur Vorstellung! Bruno, der kleine dickliche Hauptdarsteller, rennt händeringend durch die Garderobengänge. Noch immer im Bademantel! Normalerweise steckt Bruno zu dieser Zeit längst in seinem Blechkostüm, um den Blechmann im »Zauberer von Oz« zu spielen. Heute Abend aber ist sein Kostüm unauffindbar. Es ist zeitlich unmöglich, für Bruno ein neues Kostüm aufzutreiben – bei seinem Umfang! So bleibt dem verzweifelten Theaterdirektor nichts anderes übrig, als den schlanken Leo, Brunos Ersatzdarsteller, für die Rolle einzusetzen. Zu Brunos Erstaunen steht dieser auch schon fix und fertig in seinem Kostüm bereit!

»Etwas ist faul hier«, schimpft der aufgebrachte Bruno. Er traut Leo nicht und ruft Gitta aus dem Publikum, die sich die Vorstellung ansehen wollte.

Gibt es Beweise dafür, dass Leo hinter der Sache steckt?

ISI
RUHE
LYDIA
ZUR BÜHNE
BRUNO
B
ZUR BÜHNE
LEO
MIKY
S

Die rosarote Magdalena

Mauritius Zähnchens wertvollste Briefmarke, die rosarote Magdalena, ist weg – gestohlen?!
Drei Personen haben ihn heute besucht. Eine von ihnen muss die Briefmarke aus der Sammlung im Wohnzimmer an sich genommen haben.
Kalle prüft die Aussagen der drei:
Otto, der Klempner, hat in der Küche den tropfenden Wasserhahn repariert, will aber in keinem anderen Raum gewesen sein.
Der Versicherungsagent Friedel Stör zündet sich empört eine neue Zigarre an und erklärt, er habe nur rasch einige Versicherungspapiere gebracht und sie auf den Küchentisch gelegt.
Trude Wischel, die Haushälterin, beteuert, sie habe wie jeden Donnerstag Herrn Zähnchens Wohnung gereinigt – bis auf das Wohnzimmer. Das dürfe sie nämlich gar nicht betreten, hier sorge Herr Zähnchen selbst für Ordnung.
Kalle findet im Wohnzimmer ein wichtiges Indiz, das eine der Aussagen klar widerlegt. Schaut genau hin! Was hat der Dieb im Wohnzimmer vergessen und entlarvt ihn als Täter?

Otto

Friedel Stör

Trude Wischel

Bildersalat

Kalle Bohne und Gitta Gurke stehen vor einem Rätsel. Man hat ihnen neun Fotos zugespielt. Sie zeigen den zwielichtigen Mölke Stilz mit Äffchen Lulu, die Fürstentochter Nadina und ihren Liebhaber Roy Schlick. Aber die Bilder sind durcheinander geraten! In der richtigen Reihenfolge illustrieren sie eine Begebenheit, die Kalle und Gitta sehr interessiert, denn die beiden sind schon lange hinter Mölke Stilz her! Was ist hier geschehen? In welcher Reihenfolge liegen die Bilder richtig?

A

B

C

D

E

F

G

H

I

Die gestörte Kreuzfahrt

Endlich Ferien für Gitta Gurke! Sie hat eine Kreuzfahrt gebucht und genießt die Ruhe an Bord. Da läutet auf einmal die Schiffsglocke Sturm.

»Blinder Passagier an Bord«, ruft der erste Offizier. Matrosen und Schiffsleute stürmen suchend über das Deck. Weil der Offizier weiß, dass Gitta auf dem Schiff ist, bittet er sie um Mithilfe. Gitta fürchtet schon, dass aus ihrer Erholung nicht allzu viel wird, aber als sie das Rettungsboot untersucht, aus dem der Gratisreisende eiligst verduften musste, ist ihr schnell klar, dass es nicht schwer sein dürfte, den Gesuchten zu finden. Wo steckt er?

Marco Polo ist weg

Michele d'Angelo, der berühmte Künstler und Bildhauer, kann es nicht fassen: Wo sonst im Schlosspark seine Lieblingsfigur Marco Polo stolz auf dem Sockel stand, klafft Leere. Am Boden liegen noch vereinzelt Steine und ein Hammer.

»Welch schrecklicher Banause hat meinen Marco Polo gestohlen?«, wettert Michele und lässt empört nach Gitta Gurke rufen.

Der Pförtner führt Gitta zu Michele, der noch am Tatort weilt. Angelockt durch den Lärm ist inzwischen auch Mauro, der Parkpfleger, bei dem leeren Sockel eingetroffen. Gitta schaut sich genau um, stellt Fragen und sagt schließlich zu Michele: »Einer Ihrer zwei Dienstleute hier ist der Dieb.«

Was hat den Täter verraten?

MARCO
POLO

KÜRBIS
SAMEN

Ein musikalischer Gartenzwerg

Udo, der Aufseher des Gartenzwerg-Museums, staunt nicht schlecht, als er durch die Sammlung geht. Der sitzende Geigenspieler-Zwerg ist nicht an seinem gewohnten Platz, sondern spurlos verschwunden! Udo muss ihn sofort als gestohlen melden.
»Wetten, dass da Hilda Zipfel die Hand im Spiel hat! Jetzt können nur noch Kalle und Gitta helfen«, sagt der Direktor entschlossen.
Hilda haust in einem Gartenhäuschen am Fluss. Sie ist ebenfalls völlig vernarrt in Gartenzwerge. Vergeblich hatte sie immer wieder versucht den sitzenden Geigenspieler vom Museum zu kaufen.
Kalle und Gitta besuchen also Hilda und sehen sich ihr Zwergenparadies an. Hilda zeigt sich bestürzt über den Diebstahl und beteuert nichts mit der Sache zu tun zu haben. Können Kalle und Gitta das Gegenteil beweisen?

Der heimliche Garderobenbesucher

Lola Schööön, die berühmte Chansonsängerin, gastiert im Lieblinger Casino. Aber die überaus empfindliche Künstlerin ist schrecklich aufgebracht! Jemand muss sich während ihres Auftritts in ihrer Garderobe zu schaffen gemacht haben. Direktor Schützle lässt sofort Gitta Gurke holen, um die Sache aufzuklären.
Gitta hört zu, was Lola zu berichten hat: »Schon als ich

mir für meinen Auftritt die letzte Schminke auftrug, fühlte ich mich in meiner Garderobe heimlich beobachtet, aber ich hab mich weiter nicht darum gekümmert. Jetzt aber spüre ich genau, dass jemand hier gewesen sein muss. Irgendwas ist hier verändert. Hat man mich am Ende gar bestohlen?«

Gitta lächelt. »Ich glaube eher, der Dieb ist ein großer Fan von Ihnen!«

Wer die beiden Bilder miteinander vergleicht, weiß, wie Gitta darauf kommt.

SCHLOSS
RABENZAHN

Die Geheimbotschaft

Waldo und Fimmel haben sich mit gefälschten Schecks wieder einmal eine schöne Stange Geld ergaunert. Gleich nach ihrer Aktion trennen sie sich, um nicht erwischt zu werden. Fimmel taucht bei seiner Großmutter unter, Waldo bringt die Beute noch in ein sicheres Versteck, dann verschwindet auch er. Wie vereinbart lässt er Fimmel etwas später eine wichtige Mitteilung in Geheimschrift zukommen. Kurz darauf wird Fimmel aber von der Polizei erwischt, die bei ihm Waldos Botschaft entdeckt. Weil die Polizisten mit den wirren Zeichen nichts anfangen können, rufen sie Kalle und Gitta zu Hilfe. Sie erstellen einen Schlüssel, knacken den Code und sind bereits unterwegs, um das Geld sicherzustellen. Wer die Botschaft entschlüsselt, der weiß, wo sie suchen werden!

(Übrigens: Waldo hat man kurz darauf ebenfalls bei seiner Großmutter verhaften können.)

Das jähe Ende der Margeritha Konolli

Rosa Grüns größter Traum ist wahr geworden: Nach vielen Versuchen ist es ihr endlich geglückt, eine Margeritha Konolli zu züchten. Die Margeritha Konolli ist eine äußerst lichthungrige Pflanze, Dunkelheit bedeutet ihr sicheres Ende. Deshalb muss sie im Gewächshaus ganz oben, gleich unter dem Glasdach stehen. Wochenlang hat Rosa die seltene Züchtung gemeinsam mit ihren Angestellten Rita Pink und Aldo Streck gepflegt. Morgen will sie ihr Prachtstück auf dem großen Pflanzenzüchterkongress vorstellen.
Aber heute Abend trifft sie fast der Schlag! Ihre Margeritha steht verwelkt und schlapp im Finstern, zuunterst im Regal, zwischen Farn und Kaktus. Rosa ahnt, dass jemand ihren Auftritt beim Kongress vereiteln will. Das ist ein Fall für Kalle Bohne!
Nur Rita und Aldo haben einen Schlüssel zum Gewächshaus. Also knöpft sich Kalle die zwei Angestellten vor. Hier ist, was sie dazu sagen:

Aldo ist angeblich schon seit längerer Zeit nicht mehr im Gewächshaus gewesen.
Rita will die letzten Tage nur im Büro verbracht haben.

Aber Kalle mit seinem scharfen Blick kann Rosa gleich sagen, wer hier lügt.

ESSEL
LOCKE
ACHTUNG
KERN
STERN
GELB
KNOLL
SPEZI
DÜNG
STACHEL
ZAHN
NATUR
ERDE
NSEKTE
SCHUTZ

Eine Spur von Mickey Cool

Seit Wochen schon ist Kalle dem Safeknacker Mickey Cool auf den Fersen. Da, auf dem Heimweg vom Detektivbüro, kreuzen sich ihre Wege zufällig an der U-Bahn-Station West. Wenige Augenblicke später ist Mickey auch schon wieder in der Menge verschwunden. Kalle versucht Mickeys Spur aufzunehmen und folgt einem Mann, der Mickey sein könnte. Allerdings ist sich Kalle nicht sicher. Alles ging einfach zu schnell. Schließlich biegt er in einen düsteren Fabrikhof ein, weil er glaubt gesehen zu haben, wie Mickey hier verschwunden ist. In einer alten Schmiede brennt noch Licht. Und endlich entdeckt Kalle etwas, was ihm beweist, dass er auf der richtigen Spur ist und Mickey wirklich hier haust. Was hat Kalle entdeckt?

O. BLEC
O. BLECH
ALLFABRIK
R.HALLE
ALTE
SCHMIEDE
RR
18
MC
SC.

General Pfaffenburg ist verschwunden

»Mein General Pfaffenburg wurde gestohlen«, schreit Baronin von Korkenstein bestürzt in den Hof. Der »General Pfaffenburg« ist ein berühmtes Gemälde, das viele Kunstliebhaber nur zu gern ihr Eigen nennen würden.

Kann Gitta Gurke den Diebstahl aufklären? Es gibt viele Verdächtige in der Villa des Barons: die Zofe, den Koch, den Chauffeur, den Schornsteinfeger, den Gärtner, ja vielleicht haben sogar der Baron oder die Baronin selbst ihre Hand im Spiel?

Gitta will sich erst mal nur umschauen. Eine richtige Entscheidung! Sie wird rasch fündig. Sie weiß, wer »General Pfaffenburg« geklaut hat. Wer?

10 kg

Tufftels neueste Erfindung

Tino Tufftel hat soeben in seinem Labor die Entdeckung seines Lebens gemacht: ein Haarwuchsmittel, das garantiert wirkt! Noch in derselben Nacht will er es einigen Kollegen präsentieren und lädt sie ins Labor ein. Aber ausgerechnet bei der Vorstellung seiner Erfindung kommt es zu einem Kurzschluss. Das Labor liegt für kurze Zeit in völliger Dunkelheit. Zum Glück kann Tufftel den Schaden schnell beheben. Wie schockiert ist er aber, als er entdeckt, dass während der Panne die Formel des Haarwuchsmittels aus seinem Notizblock gerissen wurde! Einer der Anwesenden muss das Blatt an sich genommen haben, um so an das Erfolgsrezept zu kommen. Doch der Dieb hat Pech: Tufftel hat nämlich auch seinen Freund Kalle zu der Vorstellung geladen und dem genügt ein kurzer Blick, um zu wissen, wer die Formel gestohlen hat. Euch auch?

Formul
GEHEIM

367
9901
723
315
47
927

Das Fotopuzzle

»Ach, verflixt und zugenäht«, ruft Gitta Gurke. Soeben hat sie dummerweise noch aktuelle Fahndungsfotos zerrissen. »Kein Wunder bei dieser Unordnung«, stöhnt sie. Sie wollte endlich einige alte Akten aufräumen, um zwischen den Papierbergen wieder atmen zu können. Drei Bilder sind zerstört. Eines davon zeigte Luzzi, einen schlimmen Burschen. Gitta hätte ihn morgen Abend mithilfe des Fotos bei einer großen Konferenz aufspüren sollen. Jetzt bleibt ihr nichts anderes übrig, als zu versuchen die Fotoschnipsel wieder zusammenzusetzen. Zum Glück hat sie noch ein Phantom-Bild von Luzzi.
Wie lautet Luzzis Erkennungsnummer?

Nicht jedes Schwein hat Glück

Bei der Zillerthaler Kleinhaustier-Schau wird soeben der Hauptpreis vergeben. Dolly Minsk und ihr putziges kleines Schweinchen Pinky sind die glücklichen Gewinner! Dolly ist außer sich vor Freude. Aber als sie ihre Pinky umarmen will, schreit sie auf. Pinky ist verschwunden! Dolly sucht sie überall. Aber keine Spur vom Schweinchen.
Kalle Bohne, der sich zufällig mit seiner tanzenden Chinamaus an der Schau beteiligt hat, ist natürlich gleich zur Stelle.
»Jemand muss Pinky gestohlen haben. Sie ist viel zu anhänglich, um wegzulaufen«, klagt Dolly.
Ist ihre Vermutung richtig?

18.KLEINHAUSTIE
SCHAU
AUSGANG
KATALOG
TRUDE
BÄRLI
WILLI
OTTO
LULU
2.PREIS
FIDO
PINKY
BELLO
1.PREIS
LOTTE
IGI
ARLO
TIXI
SUSIE
SAM
NELLI
3.PREIS

Die Suche nach dem Kaffeetassendieb

Zebbel Gratzke erhält Besuch von Gitta Gurke. Sie will ihm einige Fragen stellen zum Kaffeetassendiebstahl vom vergangenen Sonntagabend. Zebbel steht auf ihrer Verdächtigenliste an oberster Stelle. Aber Zebbel zieht an seiner Zigarette und lacht: »Davon hab ich keine Ahnung. Wie kommt ihr auf mich und überhaupt, wo sind die Beweise?«

Gitta geht kurz hinaus, um ihre Tasche und die Lupe vom Gepäckträger ihres Motorrades zu holen.
Nach ihrer Rückkehr ist sie diejenige, die lacht. Zebbel hockt zwar noch immer da, als wenn er sich nicht vom Fleck gerührt hätte, aber denkste! Gittas scharfes Auge erkennt sofort, was hier vorgegangen ist. Zebbel hat nämlich doch etwas zu verbergen. Höchstwahrscheinlich die am Sonntag gestohlenen Kaffeetassen. Was ist passiert, während Gitta draußen war?

Ein Pokerspielchen um Mitternacht

In der einschlägigen Lolita-Bar entschließen sich vier Spiellustige zu einem späten Pokerspiel. Rozzi Flach, ein dubioser Playboy, Bardame Norma Laus, der Barkeeper Bill Pecker und Sam Mock, ein Kaufmann auf der Durchreise. Das Ganze findet im privaten Hinterraum der Bar statt. Wie üblich in dieser Gesellschaft sind die Geldeinsätze sehr hoch. Aber eigentlich ist die Partie schon von vornherein entschieden. Es wird drei sichere Verlierer geben. Wenn Kalle oder Gitta anwesend wären, könnten sie die drei Betreffenden warnen. Wovor?

BAR
ROZZI
SM

Kunst mit Tücken

Der zwielichtige Kunsthändler Rick Hundel fährt sich nervös durchs Haar. »Beweist mir erst einmal, dass dieser Stich eine Fälschung ist«, murrt er Kalle und Gitta an.
Rick Hundel war eben dabei, den Kunststich »Mädchen beim Naschen« dem Kunstsammler Stichlein anzudrehen. Der Stich sei das einzige noch vorhandene Werk dieses berühmten Künstlers des 16. Jahrhunderts und daher von großem Wert.
Stichlein aber hat sofort Kalle und Gitta angerufen. Für ihn ist dieser Stich eine billige Fälschung. Und auch Gitta und Kalle wissen sofort, dass Rick Hundel versucht hat Stichlein zu betrügen. Was hat Stichlein stutzig werden lassen?

Übergabe im Schuhgeschäft

Gitta will den raffinierten Spion 005 endlich auf frischer Tat ertappen. Sie weiß, dass 005 einen geheimen Mikrofilm von seinem Mittelsmann X entgegennehmen soll. Das soll so vor sich gehen: X geht in das Schuhgeschäft Sohl & Wohl. Er probiert viele verschiedene Schuhe an. Bald entsteht ein riesiges Durcheinander. In einem unbemerkten Moment versteckt er den Mikrofilm in einem Schuh eines Paares und stopft sich den andern unter den Mantel. Schließlich kauft er sich Pantoffeln und verlässt das Geschäft. Bevor der verwirrte Schuhverkäufer die vielen Schuhe aufräumen kann, betritt 005 den Laden. Er lässt sich einige Sandalen zeigen und braucht nun lediglich den Einzelschuh zu suchen und den Film an sich zu nehmen.
Gitta wartet nur noch, bis 005 die heiße Ware an sich genommen hat. In welchem Schuh steckt der Film?

SAMTFUSS
SCHUHE
Auf leisen
Sohlen
SCHUHE
VON
RUHE

Der große Unbekannte

Rudi Schäbig ist ein sonderbarer Kauz, der sehr zweifelhafte Geschäfte betreibt. Kalle kennt ihn seit Jahren. Er weiß auch, dass Rudi nicht allein arbeitet, sondern einen Komplizen hat. Nur zu gern wüsste Kalle, wer dieser große Unbekannte ist und wo er sich aufhält. So dicht wie heute war Kalle der Lösung noch nie! Er beobachtet nämlich, wie Rudi auf dem Postamt ein Päckchen für seinen Kollegen aufgibt.

Sobald die Schalter des Postamtes schließen, macht Kalle sich daran, sämtliche Pakete, die heute dort abgegeben wurden, zu prüfen. Auf diese Weise will er endlich den Namen und die Adresse des großen Unbekannten herausfinden.

Klarer Fall, oder?

echelstr. 21
üsselheim
Einschreiben
Winger
Fam.
Frau
W. Flink
Wachteln 5
UP
MICRO
Zirkus
Sareno
Ulmingen
M. Flitz
Postfach
A
ROT
Herrn
bert Flo
inenstr. 4
insen
VORSICHT
GLAS
Berndt Mü
Luchsstr. 228
zell
Frau
Susi Wong
sallee 102
nchen
stürzen
Herrn
Toni Wölfle
Beissweg 7
Waldingen
Herrn
mann
Nagel
Fam.
P. Notz
Kasp
Fried
Münc
Mr.
Peter Fink
Vogelbach 4
Baumen
Herrn
Willi
Zaber
Hässe

Die süße Verführung

Die große Spezialität der Bäckerei Zuckermeier sind die »Krachberger Leckertöpfchen«. Wie so oft stehen draußen vor dem Laden die Leute schon Schlange und warten, dass die Bäckerei öffnet.
Zuckermeier will gerade die Ladentür aufschließen, um die Kunden hereinzulassen, als er entdeckt, dass sämtliche Töpfchen verschwunden sind. Das kann nur in den fünf Minuten passiert sein, in denen Zuckermeier eben telefoniert hat. In der Zeit waren nur Pelle, der Buchhalter, die Verkäuferin Wilma und der Botenjunge Donald im Laden.
Gitta, die draußen in der Schlange gewartet hat, um sich ein Krachberger Leckertöpfen fürs Büro zu kaufen, weiß schnell, wer das Schleckermaul ist, das sich da eine süße Riesenportion sichern will.
Was hat die Naschkatze verraten?

BÄCKER-
STUND
HAT
MEHL
IM MUND
KRACHBERGER
LECKERTÖPFCHEN
FRIGO
D
MEHL

PASSKONTROLL
A 137228L-74Z
SGESTELLT AM:
13. MAI 1996
ÜLTIG BIS:
2. MAI 2001
NTERSCHRIFT:
Schummel
A 137228L-74Z
NAME: SCHUMMEL
VORNAME: ROLLBERT
GEBOREN AM: 30. FEB. 1947
BÜRGER/IN
VO
SCHWEININGEN

Herr Schummel schummelt

Kalle Bohne will zu seiner Großtante nach New York fliegen. Bei der Passkontrolle auf dem Flughafen steht er in der Schlange hinter Rollbert Schummel. Auch der will nach New York. Doch als der Beamte seinen Pass kontrolliert, stutzt er und sagt: »Na, Herr Schummel, Sie wollen mich doch nicht für dumm verkaufen, oder? Dieser Pass ist doch eine eindeutige Fälschung.«
Schummel protestiert wie wild, doch Kalle Bohne, der dem Beamten neugierig über die Schulter geschaut hat, lächelt still. Er hat mit einem Blick gesehen, dass der Pass tatsächlich gefälscht ist.
Warum?

Vom Knast zum Fußballspiel

Die Zwillinge Willi und Billi gleichen sich aufs Haar. Die letzten zwei Jahre haben sie im Mühlberger Gefängnis gesessen, doch nun ist es ihnen wieder einmal gelungen zu fliehen. Ihr Fluchtweg führt in den Norden der Stadt. Kalle ist ihnen bereits dicht auf den Fersen, da kommt den Brüdern ein Zufall zu Hilfe. Im großen Fußballstadion beginnt gleich das Spiel, Tausende von Zuschauern strömen auf ihre Plätze. Willi und Billi mischen sich geschickt unter die Menge und nehmen auf der Tribüne Platz – natürlich nicht nebeneinander. Kalle hat es nicht leicht, die beiden im Gedränge ausfindig zu machen. Aber zum Glück hat er gute Augen. Ihr auch?

ICE

Auf die Finger geschaut

Goldschmied Funkel ist entsetzt. Letzte Nacht ist aus seinem Laden das kostbare Collier der Filmdiva Betty Blue verschwunden, in das er einen neuen Diamanten einsetzen sollte. Doch Gitta hat bereits alles unter die Lupe genommen und kann den Goldschmied beruhigen: »Auf dem Vitrinenglas ist ein klarer Fingerabdruck, das dürfte reichen.« Sie hat eine Kartei mit Fingerabdrücken von möglichen Tätern bei sich. Jetzt gilt es zu vergleichen. Bald lächelt Gitta. Sie weiß, wen sie suchen muss. Wer ist es?

Leo Wohl
Roy Depp
Dennis Low
Ted Schnorr
Susie Wang
Toni Fies
Hänse Knall
Mäxi Quer
Karl Klotz
Arthur Biss
Nick Horn
Trude Murks
Reto Rauch
Ulie Träg
Milly Mall
Nolde Dick

Miss Pforzlau

Seit Nella Mops die Wahl zur »Miss Pforzlau« gewonnen hat, hört sie nachts oft Schritte in ihrem Treppenhaus. Sie gesteht Gitta, dass sie einen Verdacht hat, wer da im Dunkeln durch ihr Haus schleicht: Mary Zwielich! Die Zweitplatzierte der Misswahl wolle unbedingt an ihr Schlankheitsmittel herankommen!
Gitta wirft einen Blick in Nellas Treppenhaus, dann begibt sie sich zu Mary. Aber Mary ist empört über die Anschuldigung: »Ich war noch nie in Nellas Haus. Wo wohnt sie überhaupt?«
Gitta hat jedoch genug gesehen. Warum weiß sie, dass Nellas Verdacht berechtigt ist?

VIDEO
TV6

1
2
3
4
5
6
7
8
9
10
11
12

Die Hai-Motte

Professor Buntflügel, Besitzer einer der bedeutendsten Sammlungen lebender Schmetterlinge, erwartet seit Tagen Post aus Australien. Heute endlich soll ein Paket mit 12 höchst seltenen Schmetterlingen bei ihm eintreffen. Doch als der bekannte Forscher die Sendung überprüft, ist er überrascht: Nicht 12, sondern 13 Falter sind in dem Behälter! Als Experte erkennt er rasch, dass es sich bei dem überzähligen Schmetterling um eine gefährliche Hai-Motte handelt. Sie würde die restlichen Tiere binnen kürzester Zeit auffressen. Jemand muss sie in den Behälter geschmuggelt haben, um die Sammlung des Professors zu zerstören.
Kalle, der eben eintrifft, braucht Beweise. Zum Glück hat der Professor Begleitpapiere mit Abbildungen der bestellten Exemplare.
Wo steckt die gesuchte Hai-Motte?

Die anonyme Notiz

Graf Vido findet in seinem Studierzimmer auf dem Salontischchen eine anonyme Notiz. Jemand will sich auf listige Art und Weise seinen Goldring erpressen – ein überaus wertvolles Erbstück, das dem Grafen sehr am Herzen liegt.
Gitta schaut sich den Zettel an. Niemand außer dem Grafen und den Bediensteten hat Zutritt zum Studierzimmer. Also muss die Erpresser-Notiz entweder vom Hausdiener, vom Gärtner oder von der Köchin stammen. Gitta besucht alle drei bei ihrer Arbeit. Bald weiß sie, wer es auf Vidos Goldring abgesehen hat.
Wer ist es?

DIPLOM
BUTLER
Medizin für Graf Chester
Liebe Else, heute war hier einiges los im Haus Alles lief sch und wir hatt
Graf Chester. Er hielt klaren
Hühnermist
Apfelbaum
Tulpen
Mohnblumen
Farnbüsche
Liebstöckel
Klee
Torf-erde
DÜNGER
MENÜ für Donnerstag
Suppe m. Ei
Salat
MENÜ für Dienstag
Polenta m. Gulasch
MENÜ für Mohntag
ZITRONEN CREME ④
Jogurt
Zitrone
2-3 E.L. Zucker
Vanille
1 Becher Sahne

18.00
FR.18.6
LEBE-
WOHL
HOFBRÄU
PFERDE-
RENNEN
SA. 19. JUNI
KÖSTLING
KÖSTLI

Ein köstlicher Schinken

Es ist Freitagabend, 18.00 Uhr. Kalle will gerade nach einer anstrengenden Woche die Tür des Büros abschließen und nach Hause gehen, da hört er im Treppenhaus die Stimmen von Frau Säuerlich und ihrem Nachbarn Pauli Speck. Die beiden diskutieren heftig mit dem Boten des Delikatessengeschäftes Köstling. Frau Säuerlich hat nämlich am Morgen bei Köstling eine fette Schinkenkeule bestellt. Als diese bis zum späten Nachmittag nicht geliefert war, beschwerte sie sich bei Köstlings, dass sie den Schinken noch immer nicht erhalten habe. Köstlings Bote ist daraufhin sofort zu Frau Säuerlich geeilt. Er behauptet aber, dass er bereits am Vormittag versucht habe den Schinken zu liefern. Da Frau Säuerlich nicht daheim gewesen sei, habe er ihn bei ihrem Nachbarn Pauli Speck für sie abgegeben. Pauli hingegen wehrt sich empört. Er habe weder den Boten noch irgendeinen Schinken zu Gesicht bekommen. Er sei den ganzen Tag beim Hofbräu-Pferderennen gewesen.
Kalle hat alles mit angehört und weiß schnell, wer hier lügt, um den köstlichen Schinken auf dem eigenen Teller zu haben. Was hat ihn auf die Spur gebracht?

Der Schnurrbart

Als Bürgermeister Klötzle frühmorgens sein Büro betritt, trifft ihn fast der Schlag: Jemand hat das wunderbare Porträt, das er vor einigen Wochen von sich anfertigen ließ, über Nacht mit einem hässlichen Schnurrbart verunstaltet! Empört ruft Klötzle nach Gitta Gurke. Diese ist sofort an Ort und Stelle und betrachtet den Tatort.
Als sie den Schnurrbart auf dem Bild entdeckt, murmelt sie nur: »Also doch!«, stürzt wieder in den Regen hinaus und eilt zu Nero Schmollbach. Sie hat nämlich am Abend zuvor erfahren, dass Nero, ein bekannter Gegner Klötzles, verkündet haben soll, er werde dem eitlen Bürgermeister die Freude an seinem Porträt, das er auf Gemeindekosten anfertigen ließ, schon versalzen.
Um Punkt 8 Uhr steht Gitta bei Nero an der Haustür und spricht ihn auf ihren Verdacht an. Doch Nero streitet erbost alles ab: Er habe die ganze Nacht friedlich in seinem Bett gelegen und geschlafen, bis Gitta ihn geweckt habe. Keinen Fuß habe er vor die Tür gesetzt! Doch Gitta hat bereits ein kurzer Blick in Neros Wohnung genügt, um zu wissen, dass er lügt. Was hat sie entdeckt?

REISEN
BUS
PARK
PLATZ

Lunte gerochen

Auf dem Pötzelburger Busparkplatz versammelt sich eine fröhliche Reisegruppe. 10 Tage in Rutzklavia liegen vor ihnen. Auch Kalle ist – als Urlaubsgast getarnt – mit von der Partie. In Wirklichkeit ist er einer Person auf der Spur, die seit langem wegen Kaviarschmuggel gesucht wird. Kalle kennt den Täter nicht, er weiß nur, dass er gewöhnlich auf dieser Route seine zwielichtigen Geschäfte betreibt. Kalle will den Gauner auf frischer Tat ertappen.
Bald ist alles Gepäck im Laderaum verstaut. Doch als Kalle einen Blick auf die Taschen und Koffer wirft, muss er feststellen, dass sich statt der von ihm vorhin auf dem Parkplatz gezählten 19 Gepäckstücke nur 18 im Laderaum befinden. Die gesuchte Person muss ihn also in letzter Sekunde noch erkannt und seine Absicht durchschaut haben. Sie hat sich nämlich unbemerkt aus dem Staub gemacht.
Wer ist es?

Fahndung nach Steckbrief

Schon lange versuchen Gitta und Kalle dem berüchtigten Heiratsschwindler Dino Matz das Handwerk zu legen. Ohne Erfolg! Sie wissen nur, dass Dino stets bekannte Kurorte aufsucht und ein Auge auf reiche, heiratswillige Damen wirft. Doch endlich macht er einen entscheidenden Fehler: In Bad Winterlaken versucht er sein Glück ausgerechnet bei Kalles Tante, der wohlhabenden Antonia Lohage. Empört informiert Tante Antonia ihren Neffen und kann zum Glück auch eine genaue Beschreibung des Schwindlers liefern:

Schwarze Haare, schwarzer Schnurrbart, Brillenträger, weißes Hemd, schwarze Jacke, weiße Hose. Gesehen in den Kuranlagen des Hotels Kurbad.

Kalle und Gitta verlieren keine Zeit und machen sich auf nach Winterlaken. Ihre Eile hat sich gelohnt. In den Kuranlagen des Hotels Kurbad können sie Dino endlich beobachten. Wo haben sie ihn entdeckt?

SNACKS
HOTEL
KURBAD
WINTERLAKE
2
3

Zu Gast im Güterfloh

Der Sträfling Jolle ist entwischt! Zwar vermutet die Polizei, dass Jolle sich in der Abbruchvilla Güterfloh versteckt hält, doch fehlen ihr die Leute, um die Villa Tag und Nacht beschatten zu lassen. Das ist ein Fall für Gitta und Kalle! Sie nisten sich im Haus gegenüber ein und lassen die alte Villa

nicht mehr aus den Augen. Kalle übernimmt die erste Nachtwache. Doch er schläft ein! Er wacht erst wieder auf, als Gitta ihn am nächsten Morgen ablösen will. Kalle ist die Sache furchtbar peinlich, doch Gitta ist nicht böse. Sie braucht nicht lang, um festzustellen, dass tatsächlich jemand die Nacht im Güterfloh verbracht hat. Vermutlich Jolle! Was hat sich gegenüber dem Vortag verändert?

VER
LAB
SCHLETZ
PFAFF
KLOSS
SCHNORZ
Vertraulich

Das streng geheime Marsmobil

Aufgeregt alarmiert Professor Schnorz Gitta Gurke: Während der Professor sich kurz im Café um die Ecke einen Kakao gegönnt hat, war jemand an seinem Schreibtisch im Planungsbüro! Dort liegen die streng geheimen Pläne zu einem Marsmobil-Projekt, an denen Schnorz seit Jahren tüftelt und die kurz vor der Vollendung stehen. Der Professor vermutet, dass einer seiner Assistenten seine Geheimnisse ausspionieren und an die Konkurrenz verraten will.
»Das werden wir gleich sehen!«, sagt Gitta und begleitet den Professor zurück in das Büro.
Die Assistenten streiten alles ab. Hier ihre Stellungnahmen:

Manfred Schletz: »Ich bin den ganzen Morgen im Labor gewesen. Die Papiere auf Ihrem Tisch sehe ich zum ersten Mal!«
Willmar Pfaff: »Ich habe die ganze Zeit an meinem Tisch gesessen. Ihre Pläne hätte ich gar nicht lesen können, da ich heute meine Lesebrille zu Hause vergessen habe.«
Arthur Kloß: »Ich bin erst eben gekommen und habe mir erst mal einen Kaffee gemacht. Ich habe Ihre Dokumente gar nicht bemerkt.«

Gitta merkt schnell, dass einer der drei lügt. Wer?

Der Tresor

Schrotthändler Janse Dornkaatz ist noch ganz verwirrt. Er zeigt Kalle und Gitta einen seltsamen Tresor, der mitten im Hof steht, und erzählt: »Heute Morgen ist ein düsterer Kerl hier vorgefahren und hat das Riesenteil hier abgeladen. Er hat gesagt, die Polizei interessiere sich todsicher für den Inhalt. In dem Tresor sollen sich Informationen über die Panzerknackerbande Rote Veilchen und ihr Versteck befinden. Er sei früher selber Mitglied der Bande gewesen. Noch ehe ich ihn fragen konnte, was er für den Tresor haben will, fuhr er davon!«
An der Türe des Tresors klebt ein Zettel mit der Aufschrift:
Ein Esel mit Taschenrechner öffnet mich!
»Dann mal los. Ich bin zwar kein Esel, aber einen Taschenrechner hab ich zufällig dabei«, sagt Gitta. Sie manipuliert am Zahlenschloss herum. Eine vierstellige Zahl ist zu finden. Bei den Ziffern 7, 3 und 5 hört sie ein Knacken. »Na also«, sagt sie und tippt die Zahlen in den Taschenrechner. Kalle schaut ihr ratlos zu. Doch plötzlich ruft er: »Wir Esel, da haben wir ja die richtige Zahl!«
Was sieht Kalle und wie lautet die vollständige Zahl?

EIN ESEL
RECHNER
ESEL

Wer ist Zorro wirklich?

Endlich hat Gitta die Chance, Zorro, dem Chef der gefürchteten Fliegenpilzbande, auf die Schliche zu kommen. Ihr wird nämlich eine verschlüsselte Notiz zugespielt.

Es handelt sich dabei um eine Art Aufnahmetest für ein

neues Bandenmitglied. Die Auflösung ergibt Zorros Telefonnummer. Wer sie wählt, kann mit Zorro in Verbindung treten. Und nicht nur das! Wenn Gitta das Rätsel löst und die Nummer kennt, kann sie im Telefonbuch auch Zorros bürgerlichen Namen und seine Adresse herausfinden.

Gitta kommt zwar ins Schwitzen, aber schließlich löst sie alle Aufgaben.

Wie lautet Zorros Telefonnummer und wie sind Zorros wirklicher Name und Adresse?

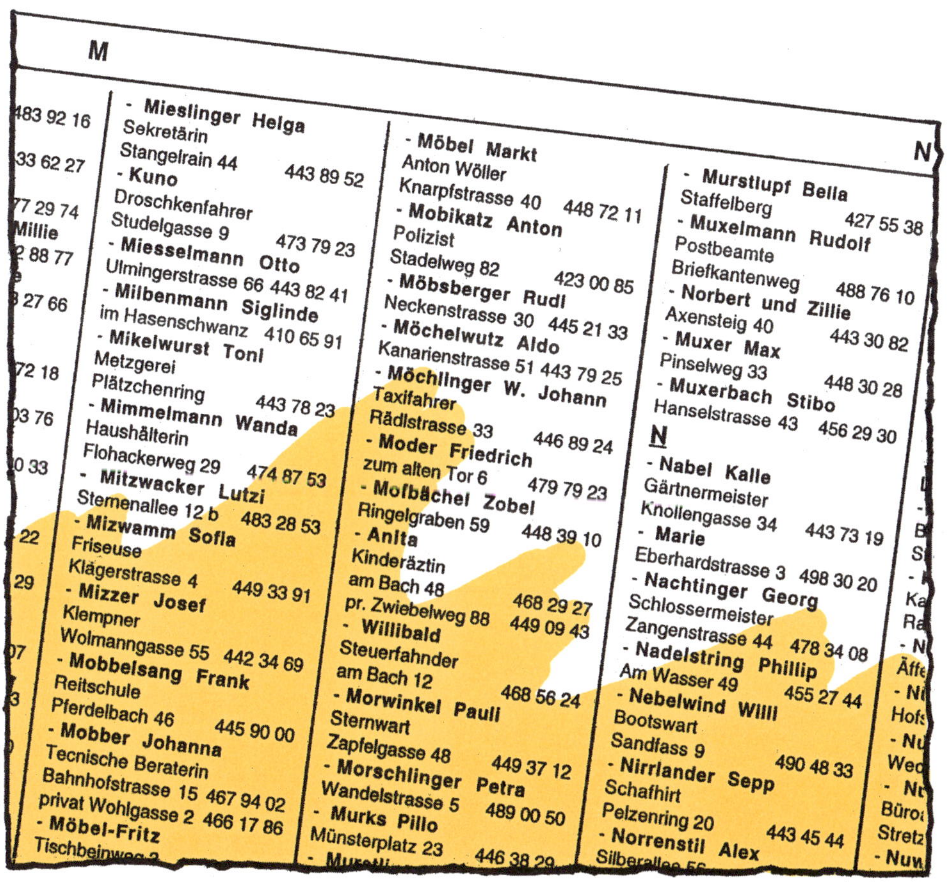
M

- **Mieslinger Helga**
Sekretärin
Stangelrain 44 443 89 52
- **Kuno**
Droschkenfahrer
Studelgasse 9 473 79 23
- **Miesselmann Otto**
Ulmingerstrasse 66 443 82 41
- **Milbenmann Siglinde**
im Hasenschwanz 410 65 91
- **Mikelwurst Toni**
Metzgerei
Plätzchenring 443 78 23
- **Mimmelmann Wanda**
Haushälterin
Flohackerweg 29 474 87 53
- **Mitzwacker Lutzi**
Sternenallee 12 b 483 28 53
- **Mizwamm Sofia**
Friseuse
Klägerstrasse 4 449 33 91
- **Mizzer Josef**
Klempner
Wolmanngasse 55 442 34 69
- **Mobbelsang Frank**
Reitschule
Pferdelbach 46 445 90 00
- **Mobber Johanna**
Tecnische Beraterin
Bahnhofstrasse 15 467 94 02
privat Wohlgasse 2 466 17 86
- **Möbel-Fritz**
Tischbeinweg 2

- **Möbel Markt**
Anton Wöller
Knarpfstrasse 40 448 72 11
- **Mobikatz Anton**
Polizist
Stadelweg 82 423 00 85
- **Möbsberger Rudl**
Neckenstrasse 30 445 21 33
- **Möchelwutz Aldo**
Kanarienstrasse 51 443 79 25
- **Möchlinger W. Johann**
Taxifahrer
Rädlstrasse 33 446 89 24
- **Moder Friedrich**
zum alten Tor 6 479 79 23
- **Mofbächel Zobel**
Ringelgraben 59 448 39 10
- **Anita**
Kinderäztin
am Bach 48 468 29 27
pr. Zwiebelweg 88 449 09 43
- **Willibald**
Steuerfahnder
am Bach 12 468 56 24
- **Morwinkel Pauli**
Sternwart
Zapfelgasse 48 449 37 12
- **Morschlinger Petra**
Wandelstrasse 5 489 00 50
- **Murks Pillo**
Münsterplatz 23 446 38 29

- **Murstlupf Bella**
Staffelberg 427 55 38
- **Muxelmann Rudolf**
Postbeamte
Briefkantenweg 488 76 10
- **Norbert und Zillie**
Axensteig 40 443 30 82
- **Muxer Max**
Pinselweg 33 448 30 28
- **Muxerbach Stibo**
Hanselstrasse 43 456 29 30

N

- **Nabel Kalle**
Gärtnermeister
Knollengasse 34 443 73 19
- **Marie**
Eberhardstrasse 3 498 30 20
- **Nachtinger Georg**
Schlossermeister
Zangenstrasse 44 478 34 08
- **Nadelstring Phillip**
Am Wasser 49 455 27 44
- **Nebelwind Willi**
Bootswart
Sandfass 9 490 48 33
- **Nirrlander Sepp**
Schafhirt
Pelzenring 20 443 45 44
- **Norrenstil Alex**

Verschneite Zigarren

Eigentlich wollte Kalle an diesem Wintermorgen in Dilly Pfeiffers Tabakladen nur eine Zeitung kaufen. Doch Dilly ringt aufgeregt die Hände: »Man hat mir soeben eine Schachtel der exquisiten ›Bandalino Zigarren‹ gestohlen, das ist meine teuerste Marke! Es muss zwischen 8.00 und 8.15 Uhr passiert sein. Da war ich nicht im Laden, sondern habe draußen von einem Lieferanten neue Ware in Empfang genommen!« Kalle kann Dilly beruhigen und erfährt auch, welche vier Personen zur fraglichen Zeit auf der Straße vor dem Laden gesehen wurden. Sie geben Kalle folgende Auskünfte:

Lora Schmitz sagt, dass sie im Laden nur rasch eine Pfeife angesehen habe.
Otto Lecker behauptet den Laden nie betreten zu haben. Er hätte sich draußen lediglich das Schaufenster angeschaut.
Theo Fitsche erklärt, er sei heute überhaupt nicht in Dillys Laden gewesen. Er sei nur vorbeispaziert.
Agnes Lorzel will bei Dilly wie jeden Morgen ihre Stange Kaugummi gekauft haben. Dilly sei nicht im Laden gewesen, sie habe das Geld einfach auf den Ladentisch gelegt.
Jemand lügt. Kalle weiß auch schon, wer. Gute Beobachter wissen es ebenfalls, oder?

Lora Schmitz
Otto Lecker
Theo Fitsche
Agnes Lorzel

TABAK-PFEIFFER
7

Schweinsburger Porzellan

Gitta hat eine große Leidenschaft: Schweinsburger Porzellanfigürchen! Der Einzige, der dieses Porzellan verkauft, ist der Händler Mäxe Klötzer, der jeden Samstag auf dem Kunstmarkt am Heringsplatz zu finden ist. Als Gitta gerade ein putziges Häschen für ihre Sammlung erwerben will, hat sie plötzlich das Gefühl, dass die Figur nicht echt ist. Sie ist viel zu leicht, um aus Porzellan zu sein. Ihr kommt ein ungeheurer Verdacht: Handelt es sich bei der Ware um billige Kopien aus Plastik? Auch andere Kunden haben den Betrug bereits entdeckt, der Aufruhr wird immer größer. Hals über Kopf packt Klötzer schließlich seine Kasse und flüchtet quer über den Heringsplatz, verfolgt von den wütenden Kunden. Hinter einer eben vorbeifahrenden Straßenbahn verschwindet er ins Nichts.
Da schreit Frau Zok: »Da lang ist er gerannt, zum Kätzelkanal!« Sie zeigt auf eine Treppe, die zum Kanal führt. »Er hat sich durch die alte, trockengelegte Kanalröhre geflüchtet.«
Aber Gittas geübtes Auge braucht nur Sekunden, bis sie Frau Zok zur Rede stellt: »Ihre Aussage kann nicht stimmen. Sie wollen vom wahren Fluchtweg ablenken, weil Sie mit Klötzer unter einer Decke stecken!« Was beweist Gittas Folgerung?

Kätzelkanal

Ein Spielchen mit Hosenknöpfen

In Wurzgründlingen tobt das Narrentreiben. Doch auch mitten im Fasching muss Kalle einen neuen Fall klären: Er wird zur Wirtschaft Kraken-Knelle gerufen. Auf der Gasse streiten sich der Kraken-Wirt und der als Sträfling Nr. 12 verkleidete Nolle, weil Nolle in der Kraken-Knelle mit Hosenknöpfen am Spielautomaten gespielt und dabei die Kasse völlig geleert haben soll. Nolle hingegen behauptet, nie in der Kraken-Knelle gewesen zu sein. Als Nolle, der nur mit Unterhemd und Sträflingshose bekleidet ist, schließlich vor Kälte zu niesen beginnt, zieht der Wirt ihn und Kalle in das warme Wirtshaus. Heiße stickige Luft schlägt ihnen entgegen. Der Wirt zeigt auf den Spielautomaten und sagt: »Hier hat Nolle über eine Stunde gespielt und den Automaten total geleert. Als ich ihn zur Rede stellen wollte, rannte er hinaus auf die Gasse.«
»Alles warmer Käse«, erwidert Nolle, »ich hab heute noch keinen Fuß in dieses Lokal gesetzt.«
Kalle mustert die Knelle. Für ihn ist der Fall klar und er fordert Nolle auf endlich mit der Wahrheit herauszurücken.
Wieso weiß Kalle, dass Nolle lügt?

In fremden Betten

Pillo Storz hat eine komische Macke. Er liebt es, in großen und vor allem luxuriösen Betten zu schlafen. Allerdings gehören die Betten nicht ihm: Jeweils kurz vor Ladenschluss begibt er sich in ein Bettengeschäft und lässt sich über Nacht dort einschließen. Ungestört genießt er dann eine Nacht lang alle ausgestellten Betten nach Herzenslust. Pillo ist sehr geschickt darin, sich am nächsten Morgen unerkannt wieder zu verziehen. Seit eine automatische Videokamera sein nächtliches Treiben aufgenommen hat, weiß Gitta aber endlich, wie Pillo aussieht. Sie hat den Auftrag, Pillo wieder in sein eigenes Bett zu bringen.

Die letzte Nacht soll Pillo im bekannten Fachgeschäft Bettenland verbracht haben. Gesehen hat ihn dort zwar niemand, aber Spuren weisen darauf hin. Gitta wartet also schon vor Ladenöffnung am Eingang, um Pillo zu empfangen. Aber umsonst. Er taucht nicht auf. Da beobachtet sie, wie einige Angestellte Matratzen aus dem Lieferausgang in einen Lastwagen tragen. »Klaro«, schreit sie. »Der Penner könnte seinen heimlichen Abgang auch als Angestellter tarnen!«

Ist Gittas Verdacht richtig?

BETTENLAND
NUR FÜR
LIEFERANTE
LAGER 1
AFWOHL
ATRATZEN
HART
AFWOHL
TRATZEN
WEICH
4351
SCHLAFWOHL
MATRATZEN

Der falsche Kolletti

Im Kunstmuseum wurde ein wertvolles Porträtgemälde des berühmten Malers Carlo Kolletti aus dem Rahmen gestohlen. Kalle vermutet, dass der Kunstmaler Pino Rosenblau hinter der Sache steckt. Er hat sich auf das Kopieren berühmter Werke spezialisiert und wird verdächtigt seine Kopien als Originale für viel Geld an Kunstliebhaber zu verkaufen.
Als Kalle den verdatterten Pino in seinem Atelier aufsucht, überrascht er ihn dabei, wie er eben seine zahlreichen Kopierversuche mit dem Original vergleicht. Auf den ersten Blick meint man tatsächlich zehn genau gleiche Carlo-Kolletti-Porträts zu sehen. Aber Kalle erkennt schnell, dass es Pino nicht auf Anhieb gelungen ist, eine perfekte Kopie zu erstellen. Beim genauen Hinschauen findet man überall kleine Unterschiede. Nur zwei Bilder sind identisch. Kalle packt sie gleich ein, denn dann wird der Museumsdirektor wohl leicht sein Original erkennen. Welche Bilder muss Kalle mitnehmen?

Einträgliche Zauberei

Der Magier Abra Kabra betreibt auf dem Pföllzner Jahrmarkt eine Zauberbude. In einer seiner Nummern stibitzt er den Zuschauern auf rätselhafte Weise Schmuckstücke und andere Wertsachen aus den Taschen. Natürlich gibt er die Beute den verblüfften Leuten anschließend scherzend zurück. Aber hier ist sein wirklicher Trick: Er gibt dem Publikum nur einen Teil der Wertsachen zurück. So schöpft zunächst niemand Verdacht, wenn er den Rest der Beute für sich behält.

Inzwischen haben einige Opfer dieses Betrugs Gitta um Hilfe gebeten. Zwar kann auch Gitta dem Magier nichts mehr nachweisen, aber sie hat eine schlaue Idee: Irgendwohin muss Abra Kabra sein Diebesgut nach der Vorstellung ja bringen. Unauffällig nimmt sie die Verfolgung des Betrügers auf. Und richtig! Abra Kabra verschwindet in der berüchtigten Rabenbar, die als Treffpunkt von allerlei Gaunern bekannt ist. Zu dumm, dass sie ihn im Getümmel aus den Augen verliert. Wo steckt der Betrüger?

Die kleine Louis Philippe

Uhrensammler Elmar Patzke zeigt Kalle und Gitta seine kleine, aber feine Kollektion. Da schreit er plötzlich auf: »Die Louis Philippe ist weg! Die kleine Tischuhr aus dem 19. Jahrhundert ist das wertvollste Stück meiner Sammlung – obwohl sie ständig 10 Minuten nachgeht. Gestern noch habe ich sie dem Uhrenhändler Pfündle gezeigt. Er war begeistert und wollte sie mir auf der Stelle abkaufen!« Da runzelt Kalle nachdenklich die Stirn. Könnte Pfündle etwas mit dem Fehlen der Louis Philippe zu tun haben? Man munkelt, dass er schon öfter ein krummes Ding gedreht hat.

Kalle und Gitta versprechen der Sache nachzugehen. Schon kurz darauf betreten sie Pfündles Laden. Ein emsiges Ticken von Hunderten von Uhren erfüllt den Raum. »Wir suchen eine antike Uhr für meinen Onkel«, gibt Gitta vor. Und so können sie in aller Ruhe nach der Louis Philippe Ausschau halten. Bald schon zwinkern sich die beiden zu: Schau, da ist sie ja!

Wo steckt die Uhr und woran haben Kalle und Gitta sie erkannt?

BEI PFÜNDLE TICKEN ALLE UHREN GENAU!

Treffpunkt Würstchenbar

Milzo di Mariotto soll in allerlei dubiose Angelegenheiten des Geheimdienstes verwickelt sein. Nachweisen konnte man ihm bisher allerdings nie etwas. Aber jetzt hat Kalle eine heiße Spur. Er hat nämlich herausgefunden, dass sich Milzo heute um 11.30 Uhr mit einer Kontaktperson an Alfredos Würstchenbar treffen will. Bei der Begegnung soll eine Diskette mit streng vertraulichen Daten übergeben werden.

Kalle steht rechtzeitig mit Würstchen und Cola bei Alfredo auf der Lauer. Tatsächlich erscheint Milzo pünktlich und verdrückt ebenfalls ein Würstchen. Um 11.32 Uhr geht plötzlich ein Herr mit düsterer Miene an Milzos Tischchen vorbei. Kalle meint ein leichtes Nicken gesehen zu haben und schon entfernt sich der Herr so diskret, wie er aufgetaucht war.
Alles ging sehr schnell und Kalle hat die Herren nur von hinten gesehen. Aber ihm ist klar, wie die Übergabe der Diskette geschehen ist, und er nimmt sofort die Verfolgung auf. Was hat er gesehen?

Lozze und das Cello

Aufregung am Bahnhof: Dem berühmten Cellisten Mole Jens wurde sein Cello gestohlen! Glücklicherweise ist Kalle gleich zur Stelle, weil er einen Freund zum Nachtzug gebracht hat. Eine Dame will einen Mann gesehen haben, der mit einem Cellokasten davoneilte. Kalle staunt. Die Beschreibung passt genau auf Lozze Klausinger, einen komischen Kauz, der mit seinem Bruder in einer Baracke am Kanal wohnt. Kalle will Lozze noch heute Nacht besuchen.

Das Haus ist stockdunkel, und auch als Lozze die Tür öffnet, macht er kein Licht. Nur mürrisch lässt er Kalle eintreten. Er warnt ihn, dass das Licht im Flur defekt sei, er hole rasch die Lampe aus der Küche. So folgt Kalle Lozze durch den engen finsteren Flur. Dabei fällt Kalle über etwas Hartes. Als Lozze mit der Lampe aus der Küche kommt, sieht Kalle, dass er über ein Cello gestolpert ist. Mole Jens' Cello! »Sieh mal einer an«, lacht Kalle. Aber Lozze sagt erstaunt, er sehe das Cello zum ersten Mal. Vermutlich habe sein Bruder es angeschleppt und dort abgestellt. Aber für Kalle ist klar, dass Lozze selbst der Cellodieb sein muss. Warum?

MOLE JENS

Das dritte Dino-Ei

Gittas Nichte Evi ist zu Besuch. Und das bedeutet: ein Tag Naturkundemuseum! Denn Evi ist wohl der größte Dino-Fan überhaupt. Aber kaum sind sie bei den Dinos angekommen, runzelt sie die Stirn: »Das waren doch immer drei Dino-Eier«, sagt sie erstaunt. Zufällig hört dies der Museumsdirektor, der gerade mit seinem Assistenten Pökle und der Aushilfe Elsa vorbeikommt. Er bleibt wie versteinert stehen. Evi hat Recht, gestern Abend waren alle drei noch da! Jemand hat über Nacht das dritte Ei geklaut.

»Die Eier sind sehr wertvoll«, stöhnt der Direktor. »Herr Pökle, holen Sie doch bitte rasch die wissenschaftlichen Daten aus dem Labor.«

Aber Pökle antwortet verlegen, dies sei unmöglich. Er habe das Labor am Abend zuvor noch abgeschlossen, seitdem aber sei der Schlüssel unauffindbar.

»Wohl nicht ganz so unauffindbar, wie Sie glauben«, sagt Gitta scharf und bittet den verblüfften Pökle das Ei unverzüglich wieder herauszurücken.

Wieso hat sie Pökle in Verdacht?

Stegosaurus

Besuch im Mondschein

Seit bekannt ist, dass Kuno Lingmanns Schwager Joe aus Amerika zu Besuch kommen soll, haben die Lingmanns keine Ruhe mehr. Joe ist Besitzer der größten Mondgestein-Sammlung überhaupt. Er will seine wertvollen Steine zum ersten Mal der Öffentlichkeit zeigen. Daher werden Lingmanns von allerlei neugierigen Leuten heimgesucht. Ein besonders hartnäckiger Kerl schleicht sogar nachts um ihr Haus. Niemand weiß, wer er ist und was er eigentlich will. Weil er den Lingmanns auf die Nerven geht, geben sie Kalle und Gitta den Auftrag, den Schleicher zu stellen. Zum Glück gelang es der Nachbarin, Adelheid Flöbel, den Kerl mit ihrer Sofortbild-Kamera zu fotografieren. Leider nur von hinten und zu dunkel! Aber Gitta meint: »Irgendwie kommt mir der Typ bekannt vor. Schauen wir mal in unsere Kartei.« Doch da sind so viele Bilder! Aber sie lacht bald. »Hier ist er ja!« Wie heißt der Schnüffler?

Mack Schletz
Omar Gali
Detlef Doof
Vincent Goch
stel
Otto Toto
Karli Schmitz
Phillipe Dachs
Miko
Villy Dunkel
Frank von Stein
Klimo Katz
Günther Po

...senschlund-Echo **KLEINANZEIGEN** Montag, 12. Februar 199...

Amtliche Anzeigen

Geschäftsverkäufe

Friseurgeschäft
An Farenbichlerplatz zu verkaufen gut eingeführtes Kinder- Damen- und Herrenfriseurgeschäft. 8 Sitzplätze, 4 Spiegel. Günstige Lage. Kann sofort in Betrieb genommen werden. Anfragen a... Herrn P. Plötzlich Tel. 824 12

Brockenstube - Ferdinand Sta...b
Altershalber zu verkaufen. An ...er Glockengasse 24. Beste Lage, g...er Ertrag. **Für Raschentschlos...ne günstiger Preis!** Telefon 825 87 8... ab 19.00 Uhr

An Meistbietenden:
Würstchenbude zu verkaufen. Im Zentru... von Wiesenschlund, am Potzdammerplatz. Auserwählte Kundschaft. Bitte melden unter Chiffre GZ 28765

Diverse Anzeigen

Suche Occasions-Autos. Auch defekt und demoliert. Zahle Höchstpreise. Nicht warten, sofort anrufen. Ich kann Ihnen sicher helfen. Tel. 824 69 24

Alte antike Uhren, Skulpturen, Tafelgeschirr, Spielsachen, Anzüge, Polstermöbel, Glasfigürchen und sonstiger Hausrat dringed für Antiquitätenmesse gesucht. Zahle bar und gut! Ab Montag erreichbar unter Telefon 828 77 45

Lebensgefährte gesucht?
Ein Kurs der garantiert Erfolgsergebnisse bringt. Kursbeginn: Jeden Donnerstag bis Dienstag. Wochenende inklusive! Kursleitung: **Milli Potzke, Lotzendamm 456, A3, Wiesenschlund**

Tanzkurse!!!!
Mit Alma Tänzle und Koli Matz
Tages- und Abendkurse ab 1. März. Auch Wochenendkurse wenn genügend Nachfrage besteht. Im Kursaal Wimmelbach!!!! Anfragen und Anmeldung: **Tel. 820 35 27**

DIVERSE MUSIKINSTRUMENTE AB- ... GÜNSTIG

ENTFLOGEN

Kleiner roter Grünschnabelsittich. 2 Jahre alt. Hört auf Namen **Pfitzi.** Lässt sich mit Haferk... ...cken. Finder...hn garantiert. Bitte ...den Hinweis melden: Tel. ...4 65 23, Fräulein Hilde Flügler

Achtung Aufruf!

KLIPP-KLAPP-DENAB

ICHTWIGE EILMITTUNG! NA ELLA DENABN-GLITMIEDER. MMOKT SIEDEN WITTMOCH MU 19.30 RUH NI NED GOSTHAF MUZ ENLAUB SENOCH. IDE SSEHEI FERLIEUNG NOV OTTO TSI KOMMGEANEN! REW CHINT AD EINS IRWD TEHG REEL SAU ERD FECH.

Sonnabend, 22.00 Uhr im Autob... von Wiesenschlund nach Krachfeld... Grosser Her... dunklem A... mit Schnurrbar und Melone. Dame mit rosarotem Hut, sas schräg vis-a-vis, sucht Sie dringe... Muss unbedingt Namen Ihres Parfüm wissen! Bitte anrufen unter Tel. 820 55 9...

Fussballklub ...iesenschlund
Wir treffen uns a... 23.Februar u... 8.00 Uhr am ...nsteig 3 f... jährliche K... ...land ... Dörnstein am ...ge s... herzlich willk... 20.00 Uhr. Verp... Dörnstein.

Gitarrenu...
Für Anfänger u. Fo... Erfahrener Lehrer mit beste... Kurse individuell, 1, 2, ... **Kraus Karle anrufen: 824...**

Jungle Tropfen machen jung
Schon bei dreimal täglicher Einna... nach 2 Wochen garantierter Erf... Fläschchen erhältlich bei Arnold Sp... Preise auf Anfrage Tel. 825 19 1... direkt Schletzmannstrasse 45. (... Händler bitte)

METZGEREI FLEISCHLE...

...ENTE ...TIG, ...USIK- ...fragen ...reitag

HT AG ALL

...stellen

...rschriften ...e und der

Kleinanzeige

Gitta sitzt im Büro von Klara Schrippsel, der Chefredakteurin der Lokalzeitung von Wiesenschlund. Klara hält Gitta die Kleinanzeigenseite der Zeitung hin und sagt: »Schauen Sie mal diese Anzeige. Das ist doch sehr komisch. Ich werde nicht klug daraus. Dummerweise hat sie niemand von uns bemerkt. Erst als die Zeitung druckfertig auf dem Tisch gelegen hat, machte mich meine Sekretärin Frau Meislich darauf aufmerksam.«
Gitta sieht sich die Anzeige sorgfältig an. Sie lacht und meint: »Wenigstens haben wir sie ja noch rechtzeitig vor der Auslieferung entdeckt. Diese Zeilen sind eine verschlüsselte Mitteilung der Klipp-Klapp-Bande. Damit haben Kalle und ich nun endlich einen Hinweis, wann und wo wir der vollzähligen Bande zu Leibe rücken können.«
Wer die Anzeige entschlüsselt, weiß, was Gitta meint.

Was geht vor auf Schloss Krötenfuß?

Im Dorf Krötingen ist man besorgt. In dem Wahrzeichen des Ortes, Schloss Krötenfuß auf dem Wülmberg, gehen seltsame Dinge vor sich. Nachts soll man im Turmzimmer und in den Kellergewölben des unbewohnten Gemäuers Licht bemerkt haben. Im Schutze der Dunkelheit seien auch schon Autos im Schlosshof ein- und ausgefahren. Man munkelt, dass sich da oben eine Falschmünzerbande eingenistet hat.

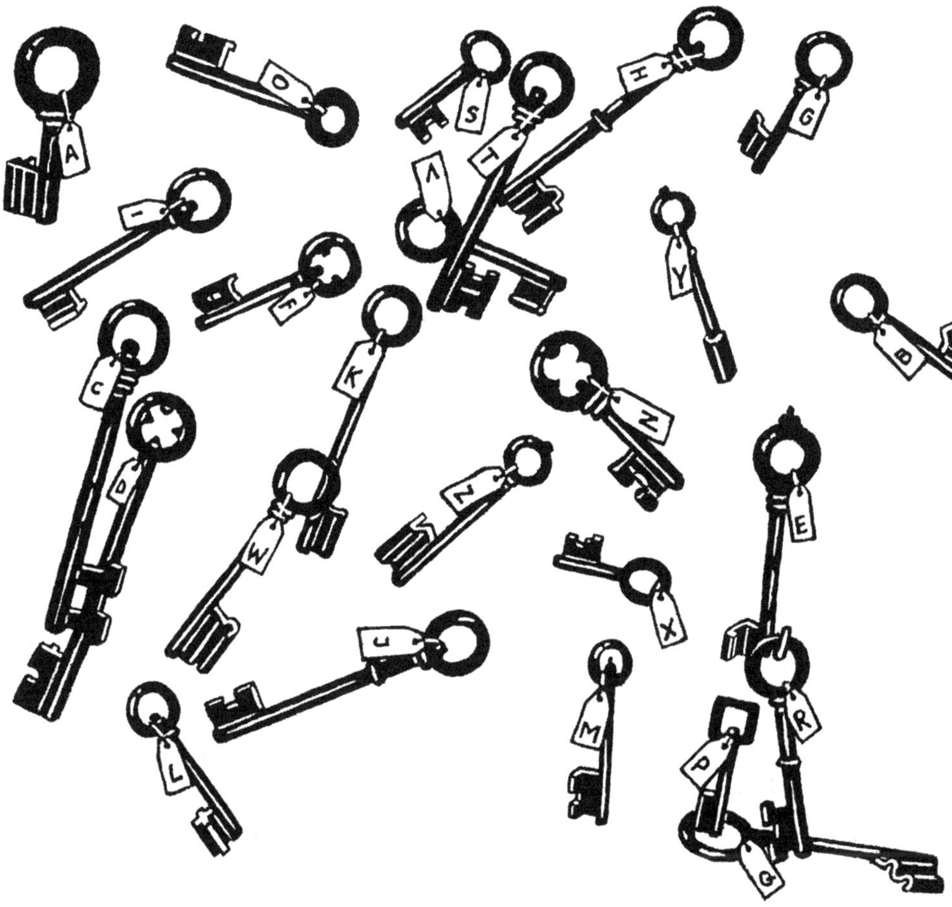

Kalle und Gitta sollen sich das Spukschloss näher ansehen. Und so begeben sich die zwei eines Abends mit leicht mulmigem Gefühl zum Schlosseingang. Sie finden eine schwere Tür mit vier verschiedenen Schlössern vor. Geschlossen! Aber offenbar war schon jemand vor ihnen da: Am Boden liegen nämlich zahlreiche Schlüssel, die mit Buchstaben bezeichnet sind. Jetzt ist Kalles und Gittas Spürsinn gefordert: Welche vier Schlüssel passen in die Schlösser an der Tür?

Der falsche Polizist

Polizeichef Alfons Passermann von Spitzlach braucht Kalles Hilfe: Soeben habe er einen seltsamen Telefonanruf erhalten. Jemand wolle morgen die Spitzlacher Polizeiparade anlässlich ihres 50-jährigen Jubiläums platzen lassen. Wie, wollte der Anrufer nicht verraten. Und weil natürlich alle Polizisten bei der Parade mitmarschieren, kann nun keiner die Sache im Auge behalten! Kalle verspricht Passermann am nächsten Tag nach Spitzlach zu kommen und alles genau zu beobachten.
Am nächsten Tag steht Kalle unter den Schaulustigen des Zuges am Straßenrand. Nichts entgeht seinem wachsamen Blick. Und so stellt er bald fest, dass einer der Polizisten nicht echt ist. Seine Uniform hat er offenbar in einem Kostümverleih geliehen. Aber dank Kalles genauer Beobachtung ist die Tarnung missglückt. Kalle kann den falschen Kollegen aus dem Zug herauspicken, noch bevor er die Gelegenheit hat, die Feierlichkeiten zu stören.
Wen hat Kalle als falschen Polizisten enttarnt?

TRAU
SPEISERES
EIS
.lacherstr.
SPITZ-
LACHER
POLIZEI
CORPS

Der Café-Schleicher

Volker Dämlich weiß, wie man gratis zu Kaffee und Kuchen kommt. Sein Vorgehen ist ebenso einfach wie Erfolg versprechend: In immer neuen Cafés macht er sich an die Gäste heran und umgarnt sie, bis sie ihn zu Kaffee und Kuchen einladen. Frieda Kläffel ist überzeugt, dass sie heute im Café Klopf ebenfalls auf Dämlich reingefallen ist. Sie erzählt die gleiche Geschichte, die Gitta schon unzählige Male gehört hat. Nur dass Frieda mutiger war als die anderen Betrogenen: Ärgerlich ist sie dem falschen Gast vom Café bis zu dessen Wohnung gefolgt. Sie hat sich zwar nicht getraut Dämlich direkt auf seine Masche anzusprechen, aber immerhin weiß Gitta endlich, wo der Café-Schleicher zu finden ist, und besucht ihn in seiner Mansarde. Als sie ihn nach Frieda Kläffel und dem Café Klopf fragt, reagiert Dämlich empört. »Dieses Café kenne ich überhaupt nicht, also kann ich auch nicht dort gewesen sein«, antwortet er wütend. Aber Gitta nimmt ihm das nicht ab. Sie hat eben etwas entdeckt, das beweist, dass Dämlich lügt. Was hat den ungebetenen Cafégast verraten?

ANZEIGER
KATZEN
FUTTER

Dr. F. Schnarr
Dr. F. Schnarr

Ein Schläfchen für Boxhandschuhe

Dr. Schnarr ist berühmt für seine Künstler- und Sportagentur, die auch den großartigen Boxer und Tarzandarsteller Jonny Walze vertritt. Im Moment liegt Dr. Schnarr allerdings friedlich schlafend über seinen Schreibtisch gebeugt, den Füller in der Hand, eine Tasse Kaffee neben sich.

Selbst die schrille Stimme seiner Sekretärin Doro Wimsel kann ihn nicht wecken. Aufgeregt erklärt sie Kalle Bohne: »Ich brachte Dr. Schnarr seinen Kaffee und etwas später einen Brief zum Unterschreiben. Doch plötzlich schlief er vor meinen Augen ein. Ich rannte zu Dr. Hänsles Arztpraxis nebenan. Als Dr. Hänsle und ich zurückkamen, sah ich gleich, dass inzwischen jemand im Büro gewesen sein muss. Jonny Walzes berühmte Boxhandschuhe fehlten an der Wand! Dr. Hänsle stellte Spuren von Schlafpulver im Kaffee fest. Der Dieb muss Dr. Schnarr das Pulver in den Kaffee geschüttet haben, bevor ich ihm den Brief zum Signieren brachte. Anders kann ich mir die Sache nicht erklären.«

»Ich schon«, sagt Kalle. »Wie wär's mit der Wahrheit? Die Boxhandschuhe könnten Sie auch gleich wieder an den Nagel hängen!«

Wie kommt Kalle zu seinem Schluss?

Parkchaos

Kalles und Gittas Detektivbüro besteht nun schon seit fünf Jahren – Grund zum Feiern! Die beiden laden zu einer großen Party. Die Gäste sind zahlreich erschienen. Ebenso zahlreich sind allerdings ihre Autos, die sie wild durcheinander unten auf dem Parkplatz abgestellt haben. Aber im Moment soll's niemanden stören.
Die Fete läuft, man amüsiert sich köstlich, bis ... oh je, das Telefon läutet. Ausgerechnet heute. Kalle und Gitta sind gefragt, sofort! Die Gauner machen keine Pause.
Nun wird das Parkchaos zu einem echten Problem. Denn Kalles und Gittas (dunkles) Auto steht natürlich ganz hinten auf dem Parkplatz. Und sie müssen raus – schnell!
Wie viele Autos müssen wie umgeparkt werden, bis die beiden endlich zu ihrem neuen Fall starten können?

Ach, du liebe Pizza

»Heute ist ein schwarzer Donnerstag«, stöhnt der Kassierer vom Wettbüro für Pferderennen. Er ist so aufgeregt, dass Gitta ihn erst einmal beruhigen muss, bevor er endlich erzählen kann, was vorgefallen ist: »Der Ganove hat mit einem falschen Wettschein gewettet und tüchtig abgesahnt! Ich hab mich noch gewundert, wieso sich der Kerl ständig eine Zeitung vor sein Gesicht hielt. Aber eins hab ich gesehen: Seine Hose war voller Mehlstaub und er ist in Richtung Joe's Pizzeria abgehauen.«
»Dann nichts wie los in die Pizzeria«, ruft Gitta. Dort trifft sie Joe und seinen Gehilfen Arno hinter der Theke. Joe, der für seine Pizza in der ganzen Stadt bekannt ist, wird wohl kaum im Wettbüro krumme Sachen drehen. Aber was ist mit Arno? Vielleicht deckt ihn Joe und er ist nur als Gehilfe getarnt! Gitta fragt ihn, wo er in den letzten 15 Minuten gewesen sei. Arno lacht: »Hier natürlich, ich habe eben drei bestellte ›Pizza King-Hawaii‹ gemacht – unsere Spezialität! Aber die sind schon ausgeliefert.«
Gitta weiß, dass Arno lügt und demnach etwas zu verbergen hat.
Warum ist sich Gitta ihrer Sache so sicher?

Unsere Spezialität
PIZZA KING-HAWAII
17.-
Nur
Samstag/Sonnta
PIZZA
JOE 15.-
Montag:
Zu jeder Pizza ein!
GRATIS GELATI
PIZZA
Margeritha 12.-
Cecilia 13.-
Roberto 13.50
Don Alfi 14.-
Maestro 14.-
Pizza Joe 15.-
ESPRESSO
PIZZA
UND
VINO
JOE
TV
SPORT

Das verschwundene Ferkelhörnchen

Im Eltzgauer Tierpark leben die zwei einzigen Ferkelhörnchen Europas. Über diese seltene Eichhörnchenart aus Borneo wollen ein Professor und eine Wissenschaftlerin einen Bericht schreiben. Sie werden von einem Fotografen begleitet, der die raren Tiere fotografieren soll. Durch das Maschengitter kann man die Hörnchen, die immer zusammen sind, gut beobachten. Aber am zweiten Tag ist nur noch ein Tierchen zu sehen. Und da die zwei als unzertrennlich gelten, ist man sich einig, dass etwas nicht stimmt. Die drei Besucher beschuldigen sich gegenseitig, das fehlende Hörnchen gekapert zu haben. Ein Fall für Kalle!
Alle drei behaupten keinen Fuß in das Hörnchengehege gesetzt zu haben. Aber da ergeben Kalles Beobachtungen an Ort und Stelle etwas ganz anderes: Einer der drei Streithälse muss sich nämlich sehr wohl im Gehege aufgehalten haben! Wer?

MIT BUTTER KOCHT DIE MUTTER
HONIG
TANTE ANNA'S
TOILETTEN
ZITRONEN
MEHL
SENF
SCHMIER SEIFE
SOJA SAUCE

Kotelett und Seifenblasen

80 Jahre jung ist Gittas Erbtante. Das muss gefeiert werden! Gitta kennt ein tolles Gasthaus in Schmieringen. Es wird von Uwe Rettlich geführt und genießt einen ausgezeichneten Ruf. Bis heute ...

Denn Gittas Festessen ist schlicht ungenießbar. Die Gäste spucken das Kotelett gleich wieder aus. Auch Kartoffeln und Kohl schmecken nach Seife. Gittas Tante kommen gar Seifenblasen aus dem Mund, dann fällt sie in Ohnmacht.

Uwe Rettlich ist verzweifelt und klagt Gitta sein Leid: »Jemand will mich ruinieren!« Dann flüstert er: »Ich hab den Verdacht, dass mein Bruder Fenzi in der Küche hinter der Sache steckt. Er hat mir schon oft mit Unannehmlichkeiten gedroht, wenn ich ihn nicht bald zum Teilhaber des Gasthauses mache!«

Wütend stürmt Gitta in die Küche. Sie will von Fenzi wissen, was diese miese Kocherei bedeuten soll. Aber dieser zuckt bloß mit den Achseln und sagt, dass sein Essen noch ausgezeichnet geschmeckt habe, als er es probiert habe. Jemand im Gastraum müsse sich einen Scherz erlauben.

Gitta sieht aber sehr rasch, wer hier der Scherzbold ist. Kein anderer als Fenzi! Warum?

Nixe auf Abwegen

Der Butler des Grafen Mölsefuß ist noch ganz fassungslos, als Gitta um 11.30 Uhr auf Gut Kollau eintrifft. Er führt Gitta in die Bibliothek des Grafen, die dieser eine Viertelstunde zuvor bei seiner Rückkehr von der Jagd völlig verwüstet vorgefunden habe. Der Graf erwartet die beiden bereits, in seinem Gesicht ist die Wut über die sinnlose Zerstörung seines Lieblingsraums deutlich zu lesen.
Der Butler erzählt: »Zwei Kerle schlichen sich, während der Graf auf Jagd war, hier hinein. Sie haben hier offensichtlich alles durchwühlt. Ich kam herein, als sie eben die Bilder und die Wanduhr von den Wänden rissen. Überrascht packten sie die Lieblingsskulptur des Grafen, die kleine sitzende Nixe, und machten sich damit Hals über Kopf aus dem Staub. Das Ganze dauerte etwa fünf Minuten.«
Gitta möchte wissen, wann genau das geschehen sei.
»Punkt 9.15 Uhr, um diese Zeit bringe ich immer die Morgenzeitung in die Bibliothek«, antwortet der Butler.
»Interessant«, murmelt Gitta und fügt nach kurzem Nachdenken hinzu: »Ich denke, Sie sollten die kleine Nixe jetzt lieber wieder rausrücken. Sie selber haben nämlich diese Unordnung inszeniert, um einen Einbruch vorzutäuschen!«
Was hat Gitta stutzig gemacht?

OTABA
DER IDIOT

Scharfe Zähne

Kalle schaut bei seinem Nachbarn Bert Krusel vorbei. Es entsteht eine anregende Diskussion über Kanarienvogelfutter. Weiße Körnchen oder braune Körnchen; das ist die große Frage! Plötzlich rast Krusels Hund Stuppsi bellend zwischen ihren Beinen hindurch und saust wieder davon. Aus seiner Schnauze hängt ein Fetzen Stoff. Krusel und Kalle folgen Stuppsi bis in die Garage. Kalle sieht gleich, dass sich jemand an Krusels Oldtimer zu schaffen gemacht hat. Zwei Reifen sind mauseplatt!
»Stuppsi muss den Eindringling in die Flucht geschlagen haben«, sagt Krusel.
»Aber nicht ohne vorher ein wichtiges Beweisstück zu ergattern«, ergänzt Kalle und nimmt Stuppsi den Stofffetzen aus der Schnauze. »Wenn wir uns sputen, können wir den Kerl noch schnappen!«
Sie eilen zu Krusels Gartenmauer, um Ausschau zu halten. – Und wirklich, da geht der Kerl! Wer hilft ihnen den Flüchtigen in der Menge zu finden?

BOUTIQUE
BOUTIQUE
BOUTIQUE
P
BIS
BISTRO

HAUS
FÜR DIE D
FLORA SCHUHE
KAUFHAUS KNOLL
KIOSK

Kaugummi mit Fußballbildchen

Yolanda wartet an der Kreuzung Isastraße/Flohgasse in ihrem Taxi auf den nächsten Fahrgast. Da hört sie über Funk, dass am Kiosk Flohgasse soeben sämtliche Kaugummipackungen geklaut wurden. Die mit der Fußballbildchen-Aktion! In diesem Augenblick wird die Wagentür aufgerissen. Eine Dame, beladen mit Plastiktüten, stürzt auf den Rücksitz und schreit: »Schnell, zum Bahnhof!«

Yolanda ist zwar an eilige Fahrgäste gewöhnt, wird aber dennoch misstrauisch. Besonders als sie im Rückspiegel beobachtet, wie die Dame immer wieder nervös aus dem Rückfenster schaut. Sie ist überzeugt die Kaugummidiebin in ihrem Taxi zu haben. Um der Dame auf den Zahn zu fühlen, sagt sie: »Furchtbar, dieser Kioskdiebstahl in der Flohgasse, nicht wahr?«

Doch die Verdächtige antwortet nur: »Davon weiß ich nichts. Ich war nur in der Isastraße.«

Yolanda ist sich allerdings sicher, dass ihr Fahrgast lügt. Über Funk informiert sie ihre Freundin Gitta Gurke. Was hat die Diebin verraten?

Ein Sänger zu viel?

Kalle spurtet um den Nordflügel des Strichlinger Rathauses. Er verfolgt Ole Wirbloz. Ole ist der Einzige der berüchtigten Wirbloz-Brüder, der noch nicht hinter Schloss und Riegel sitzt. Auf seine Verhaftung ist eine hohe Belohnung ausgesetzt und Kalle ist dem Kerl dicht auf den Fersen. Doch verflixt! Ole ist plötzlich wie vom Erdboden verschwunden. Kalle bleibt keuchend vor dem Eingang zum Rathaus stehen. Aus der leicht geöffneten Tür tönt Chorgesang. Da fährt es ihm wie ein Blitz durch den Kopf: Ole muss sich im Rathaus verstecken!
So findet sich Kalle bald als Gast in der Chorprobe der berühmten Strichlinger Kantorei. Doch von Ole fehlt jede Spur – es sei denn, er hat sich blitzschnell in einen Chorsänger verwandelt.
Wer weiß, ob Kalles Vermutung zutrifft?

BACH
FINALE
TATE

Mal rechts, mal links…

Gitta ist untröstlich. Um ein Haar hätte sie sich die Schlaue Milly vorknöpfen können. Milly gehört zur Stumpfen Nase, einer Gruppe von Schwindlern, die in allerlei zwielichtige Geschäfte verwickelt ist. Eben hat Gitta Milly mit einem Koffer im Bahnhof-Bistro entdeckt, doch offenbar hat Milly Lunte gerochen und ist abgetaucht. In der Hast hat sie allerdings einen Zettel mit komischen Angaben auf dem Tisch liegen lassen.
Gitta braucht eine Weile, bis sie versteht, worum es geht. Sie kramt ihren Stadtplan hervor. Und nun ist ihr

alles klar. Milly ist offenbar als Botin für die Stumpfe Nase unterwegs und soll den Koffer an einem bestimmten Ort abliefern. Die Anweisungen auf dem Zettel ergeben bei einem Blick auf den Stadtplan plötzlich Sinn. Sie sind offenbar eine Wegbeschreibung, die am Bahnhof beginnt.

»Da kann ich mir vielleicht gleich die ganze Stumpfe Nase schnappen«, lacht Gitta und macht sich gleich auf den Weg.

Wo hofft sie die Schlaue Milly und die Stumpfe Nase anzutreffen?

Der blaue Bugatti

Als Kalle das Telefon abnimmt, hört er zunächst nur Stimmengewirr und Gläserklirren. Dann meldet sich aufgeregt Vincent Toyle. »Kommen Sie schnell! Drüben in meinem Laden ist mir eben der blaue Bugatti gestohlen worden.«
Kalle fragt nach Einzelheiten und erfährt, dass der blaue Bugatti ein wertvolles Spielzeugauto ist.
Toyle beginnt zu erzählen: »Ich bin heute allein im Laden und war unten in der Werkstatt. Ich hatte daher nicht gehört, dass sich jemand in der oberen Ladenetage aufhielt. Plötzlich sah ich einen Kerl die Treppe herunterrennen und zur Tür hinausflitzen. Unter seinem Mantel hielt er etwas versteckt. Er rannte in die Bar gegenüber und ich hinterher. Doch im Gedränge war er im Nu verschwunden. Gleich von der Bar aus hab ich Sie angerufen!«
Kalle eilt zu der Bar und geht dann mit Toyle in die obere Ladenetage, wo der blaue Bugatti gestanden hatte. Kalle fragt Toyle, ob das Spielzeugauto versichert sei. Toyle nickt.
»Dacht ich's mir!«, sagt Kalle. »Ihre Geschichte ist eine tolle Erfindung. Die Versicherung wird sie Ihnen auch nicht glauben.« Warum weiß Kalle, dass Toyle lügt und die Versicherung prellen will?

KASSE

Bilderrätsel

»Verflixt, schon wieder eine dieser verschlüsselten Mitteilungen«, stöhnt Gitta. Aus einem Umschlag purzeln ihr viele kleine Bildchen und ein Brief entgegen. In der Botschaft heißt es nur: Wenn Sie dieses Rätsel lösen, können Sie den Boss des berüchtigten Agentenrings Schwarzer Hund festnehmen! Er tritt heute Abend getarnt als Artist im Kleintheater Pudel auf.
Ein Freund!

Gitta begreift schnell: Die Bildchen mit den Buchstaben sind je ein vergrößertes Detail aus den Abbildungen mit den Zahlen. Die Zahlen geben die richtige Reihenfolge der Buchstaben an. Das Lösungswort entlarvt den als Artist getarnten Agentenboss.
Als was wird er heute Abend auftreten?

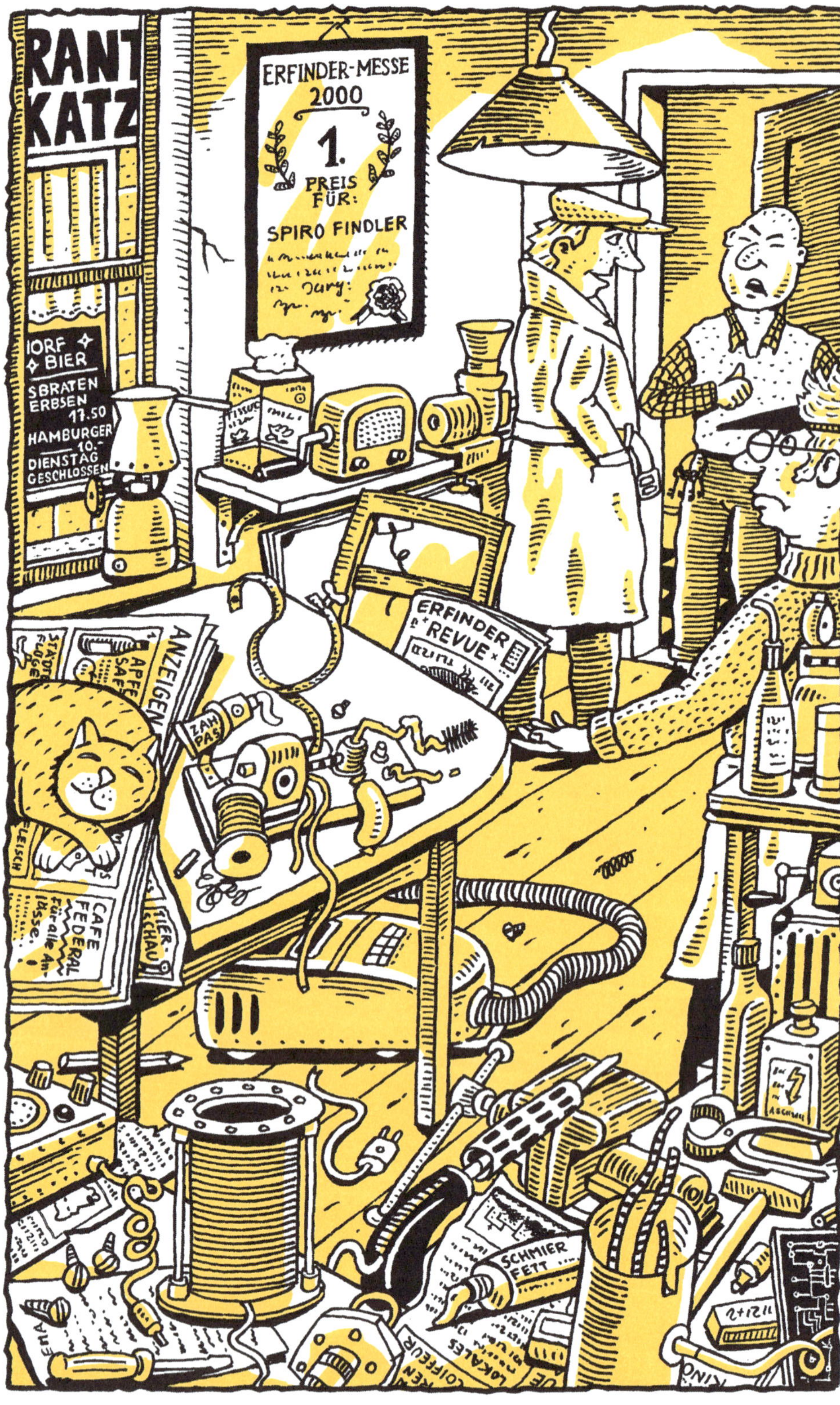
RANT
KATZ
ERFINDER-MESSE
2000
1.
PREIS
FÜR:
SPIRO FINDLER
IORF
BIER
SBRATEN
ERBSEN
17.50
HAMBURGER
10.-
DIENSTAG
GESCHLOSSEN
ERFINDER
REVUE
ANZEIGEN
CAFE
FEDERAL
SCHMIER
FETT
LOKALES
COIFFEUR
KINO

Die Hundezahnreinigungsmaschine

Jeden Mittwoch trifft Kalle sich mit Freunden zum Briefmarkentauschen im Restaurant Zur Katz. Vorher schaut er oft bei dem kauzigen Spiro Findler vorbei, der neben dem Restaurant wohnt. Spiro ist ein ebenso fröhlicher wie genialer Erfinder kurioser Maschinen. Aber heute trifft Kalle Spiro total verzweifelt an. Verständlich, denn jemand hat sein neuestes Werk, eine automatische Hundezahnreinigungsmaschine, böswillig zerstört.

»Es muss gestern Nachmittag geschehen sein, als ich weg war«, klagt Spiro. »Ich fürchte, dass Stieferle, mein Vermieter, hinter der Sache steckt. Weil ich ihm die letzte Miete nicht bezahlen konnte, droht er mir nun dauernd, ich solle zahlen oder ich würde mich noch wundern!«

In diesem Moment geht Stieferle im Flur vorbei. Kalle spricht ihn sogleich auf den Vorfall an.

Stieferle antwortet empört: »Gestern war meine Stammtischrunde. Ich saß von 14.00 bis 23.00 Uhr drüben im Restaurant Zur Katz!«

Kalle grinst: »Das kann nicht stimmen. Und da Sie lügen, waren Sie höchstwahrscheinlich hier in Spiros Werkstatt.«

Wieso weiß Kalle, dass Stieferle lügt?

RAPPORT
VOR ARBEITS-
SCHLUSS
ABGEBEN!
BILD+FUNK
Die neue Serie

Ludo auf der Flucht

Ludo Peltz hat wieder einmal ein großes Ding gedreht: Mit seinen gemeinen Tricks ist es dem schlüpfrigen Hochstapler geglückt, den Molkereibesitzer Molke Müls um ein ansehnliches Sümmchen zu betrügen. Doch Müls hat Gitta informiert und Gitta ist Ludo bereits auf der Spur. Sein Fluchtweg führt zu der Arbeiterbaracke bei der Autobahnbaustelle.
Als Gitta dort eintrifft, sind die Bauarbeiter bereits von ihrer Mittagspause in der Baracke an die Arbeit zurückgekehrt. Ein Blick auf den Tisch verrät aber, dass sich hier nachträglich noch jemand weiteres verpflegt hat. Gitta kombiniert sofort: Das muss Ludo gewesen sein! Aber der Raum scheint menschenleer. Hat der Gauner Gitta frühzeitig entdeckt und ist durchs offene Fenster geflüchtet? Oder ist er immer noch in der Baracke?

Der Herr mit den vielen Gesichtern

Karlo Witzmann hat mit seinem gekonnten Falschspiel schon manches Spielkasino um saftige Gewinnsummen erleichtert. Und noch nie wurde er erwischt. Er verkleidet sich nämlich immer wieder anders, manchmal sogar als Dame! Nicht selten ändert er gar im Laufe eines einzigen Abends mehrmals sein Aussehen, der perfekte Verwandlungskünstler also!
Gestern Abend soll er wieder im Kasino Domino gewirkt haben. Aber auch hier wurde zu spät entdeckt, dass es sich bei den Gewinnern stets um dieselbe Person handelte, nämlich Witzmann.

Am Roulettetisch, wo er spielte, wurde aber vor kurzem eine versteckte Kamera installiert. Sie macht von den Gästen automatisch eine Porträtaufnahme bei ihrem Spiel.

Der Kasinodirektor übergibt Kalle und Gitta 12 Bilder von Spielern, die gestern Abend am Roulettetisch saßen. Kalle und Gitta müssen nun herausfinden, bei welchen der 12 es sich in Wirklichkeit um ein und dieselbe Person handelt, nämlich Witzmann. Sie wollen mit den Bildern andere Kasinos vor Witzmann warnen und ihm natürlich das Handwerk legen! Wer hilft ihnen?

Ein Liebesbrief in falschen Händen

Gitta stattet dem Zirkus Fledervieh einen Besuch ab. Nur zu gern will sie wieder einmal das Rüsselschweinchen sehen, das aufrecht durch die Manege spazieren kann. Doch die Stimmung im Zirkus ist gedämpft. Trapezkünstlerin Esmeralda ist untröstlich. Der wunderschöne Liebesbrief, den ihr Clown Valentino schrieb, ist über Nacht aus ihrer Nachttischschublade verschwunden. Jemand muss sich bei ihr eingeschlichen und den Brief entwendet haben. Esmeralda, die nach der Vorstellung ein starkes Schlafmittel zu sich nahm, hat nichts gemerkt.

Als Gitta auf Bitten des Direktors zu Esmeralda geht, findet sie auch Lora, die Tänzerin, dort. Sie habe von dem Unglück gehört und wolle Esmeralda trösten. Gitta stellt einige Fragen und sieht sich in Esmeraldas gemütlichem Wohnwagen um. Dann sagt sie: »Viele Täter kehren an ihren Tatort zurück. Scheinbar auch Sie, Lora. Ich glaube, Sie sind von Valentino ebenfalls sehr angetan. Aber das ist noch lange kein Grund, Esmeraldas Brief zu klauen. Geben Sie ihn sofort zurück!«

Wieso vermutet Gitta, dass Lora die Diebin ist?

Drohung durch die Fensterscheibe

Frau Parotti zeigt Gitta die zerbrochene Fensterscheibe. Sie sagt: »Gestern Nacht habe ich gehört, wie jemand die Treppe im Hausflur herunterschlich. Es war gerade Mitternacht. Kurz darauf kam vom Hinterhof ein Stein durch die Fensterscheibe geflogen. Auf einem Zettel, der um den Stein gewickelt war, stand:

Herr Schlapp:
»Gestern fühlte ich mich nicht gut und ging um 20 Uhr ins Bett. Bis auf das Gekreische von Frau Parottis Papagei hörte ich nichts.«

Ehepaar Miesle:
»Wir haben bis 23 Uhr ferngesehen und sind dann schlafen gegangen. Wir werfen doch keine Steine, das wäre ja noch schöner!«

Wenn Sie das dauernde Gekrächze Ihres Papageis nicht abstellen, wird er bald keinen Pieps mehr tun!

Gitta besucht der Reihe nach Frau Parottis Nachbarn und stellt ihnen allen dieselbe Frage: »Letzte Nacht wurde ein Stein durch Frau Parottis Fensterscheibe geworfen. Wo waren Sie da?«

Nachdem alle geantwortet haben, weiß Gitta, wer Frau Parotti gedroht hat. Wer?

Hier die Antworten:

Frau Südlich:
»Also gestern war ich bis 22 Uhr bei einer Freundin. Als ich zu Hause war, ging ich gleich ins Bett. Um Mitternacht hab ich also schon zwei Stunden geschlafen.«

Geschwister Komlisch:
»Wir waren auf einer Geburtstagsparty eingeladen und kamen gegen 23 Uhr nach Hause. Von Steinewerfen haben wir nichts bemerkt.«

Die verlockende Belohnung

Kalle und Bankdirektor Scheinle stehen ratlos vor der Bank, die im selben Gebäude wie Kalles und Gittas Detektivbüro liegt. Die Bank wurde soeben von drei Ganoven heimgesucht, die Täter konnten mit ihrer Beute unerkannt entfliehen. Der Direktor ist wütend und ruft in seiner Verzweiflung: »Wer etwas gesehen hat, das zur Aufklärung dieses Bankraubes führt, erhält von der Bank eine Belohnung!«

Das lässt sich Frau Möttling nicht zweimal sagen. In Windeseile kommt sie über die Straße gelaufen und ruft: »Ja, da kann ich schon weiterhelfen. Ich war eben in dem Lebensmittelgeschäft gegenüber, um einzukaufen. Als ich gerade aus dem Geschäft trat, sah ich plötzlich mehrere Männer aus der Bank rennen. Sie sprangen in einen grünen Lieferwagen und rasten weg Richtung Pfölzerplatz.« Direktor Scheinle ist etwas erleichtert, da er jetzt doch einige Anhaltspunkte hat. Und Frau Möttling freut sich schon auf ihre Belohnung. Aber Kalle, der still zugehört hat, versalzt ihr die Suppe gründlich. »Ihre Schilderung ist von A bis Z erfunden. Sie wollen lediglich die Belohnung von Direktor Scheinle kassieren.«

Warum weiß Kalle, dass Frau Möttling lügt?

4
REISE BÜRO
6
POP CORN 1.-
FRÖSTL
FRISCH GEFROREN
ICE CREAM
SPINAT
SPEISE ÖL
BANK

Auflösungen

Frau Moll und der seltsame Geist — Seite 6

Der Geist ist Herr Nassel! Wenn er nämlich tatsächlich eben aus der Dusche käme, müsste sein Haar noch nass sein. Er würde auch nicht Hemd und Krawatte unter dem Bademantel tragen. Außerdem verrät das Pflaster auf der Stirn, dass er vor kurzem irgendwo angestoßen ist.

Die begehrte Bierdeckelsammlung — Seite 8

Walo hat Dorins Koffer mit einem identisch aussehenden Koffer vertauscht. Er ist soeben oben an der Treppe angekommen und will mit dem echten Koffer ins Bistro flüchten.

Das Silberplattschwänzchen — Seite 10

Wenn Tino Friedlicher Vögel nicht ausstehen kann, weshalb steht dann eine Packung Vogelfutter im Schrank unter der Geschirrabstellfläche? Bestimmt hat er Frau Schnabels Vogel entwendet und will sich mit dem Verkauf eine goldene Nase verdienen.

Orlando, der Verwandlungskünstler — Seite 12

Orlando hat sich geschickt als Beduine verkleidet. Er biegt eben um die Ecke, links beim Zeitschriftenladen. Aber sein auffälliges Gepäckstück verrät ihn.

Wenn's um die Nudel geht — Seite 14

Die Frau, die Zipo im Auge behalten muss, hat gerade die Straße überquert. Die Mappe mit den Entwürfen trägt sie unter dem Arm. Im Bild gleich rechts von dem Baum, der gerade beschnitten wird.

Die umgelegte Eiche **Seite 16**

Axel lügt. Er war nicht die ganze Nacht weg, sondern hat zu Hause geschlafen. Sein Bett ist noch nicht einmal gemacht. Er wollte offenbar gerade anfangen zu frühstücken. Wenn er erst vor fünf Minuten heimgekommen wäre, hätte er die Zeitung und die Milchflasche sicher gleich mit ins Haus genommen.

Die verflixte Kasimodo-Bande **Seite 19**

Die zerrissene Notiz im Aschenbecher verrät, wann und wo die Bande ihr nächstes großes Ding drehen will. Sie lautet: »Lucky, es geht los! Samstag um Mitternacht bei der Pfundheimer Sparkasse. Nicky.«

Moritz in der Wechselstube **Seite 21**

Das Geld, das Moritz in der Hand hält, ist eindeutig gefälscht. Auf den Dollarnoten ist nämlich sowohl eine Drei als auch eine Fünf abgebildet.

Kitzo taucht unter **Seite 22**

Auf der Kommode liegt ein Kamm mit einzelnen Haaren. Da Karlo für seine Vollglatze keinen Kamm braucht, muss noch jemand hier wohnen, dessen Anwesenheit Karlo verheimlichen will. Das kann nur der gesuchte Kitzo sein.

Aus dem Rennen! **Seite 25**

Die falschen Service-Leute sind gerade dabei, Lasses Tank statt mit seinem Benzingemisch F98 mit Wasser zu füllen.

Hulda Schlottes Kostümparty **Seite 26**

Der Tombola-Spezialist hat sich als Matrose verkleidet. Er steht zwischen der Dame mit Sonnenhut und dem Ritter. Man erkennt ihn an seinem Ohrring.

Der Sumatra-Saphir Seite 28

Die Geschichte, die Herr Täuschbein Gitta auftischen will, kann nicht stimmen. Die Tür zum Kundenraum kann nämlich nicht vom Laden aus mit einem Fußtritt zugeschlagen werden, da sie nach innen aufgeht.

Der entschwundene Hotelgast Seite 30

Laut der abgerissenen Kinoreklame und der Notiz auf dem Tisch wird sich der verschwundene Gast heute um 19.30 Uhr mit einer Camilla im Kino 1 treffen. Sie wollen zusammen in die 20-Uhr-Vorstellung des Films »Auf der Flucht«.

Bruno muss passen Seite 32

Leo hat Brunos Blechkostüm aus dessen Garderobe geklaut und es in seiner eigenen versteckt. Der Ersatzdarsteller wollte endlich auch einmal zu seinem großen Auftritt kommen.

Die rosarote Magdalena Seite 34

Kalle findet in Zähnchens Wohnzimmer einen Zigarrenstummel unter dem Sessel. Nur Friedel Stör, der Versicherungsagent, raucht solche Zigarren! Somit ist er der Falschaussage und des Briefmarkendiebstahls überführt.

Bildersalat Seite 36

Die richtige Folge der Bildchen ist D I B H G E F C A . Folgendes ist geschehen: Mölke Stilz und Äffchen Lulu beobachten (D), wie Roy Schlick bei seiner Geliebten Nadina vorfährt (I). Im Haus schenkt Roy Nadina ein wertvolles Collier (B). Nadina freut sich (H). Die beiden verlassen das Zimmer (G). Mölke schickt sein Äffchen hinauf (E), das den Schmuck an sich nimmt (F) und zu Mölke bringt. (C). Entsetzt bemerken Roy und Nadina den dreisten Diebstahl (A).

Die gestörte Kreuzfahrt Seite 39

Der blinde Passagier hat in der Eile einen Schuh im Rettungsboot vergessen. Er steht auf dem obersten Deck gleich neben dem Offizier mit Fernglas.

Marco Polo ist weg — Seite 40

Der abgerissene Knopf, der am Boden zwischen den Steinen liegt, hat den Täter verraten. Der Knopf gehört an die Uniform des Pförtners. Somit kann nur er der Dieb sein.

Ein musikalischer Gartenzwerg — Seite 43

Hilda hat den vermissten Gartenzwerg in ihrem Gartenhäuschen versteckt, und zwar in der Kiste am Boden, gleich beim Eingang.

Der heimliche Garderobenbesucher — Seite 44

Der Schlüssellochgucker und Eindringling hat nichts außer einem Foto mit Lolas Bild aus der rechten oberen Ecke ihres Spiegels geklaut. Er muss also ein echter Fan von ihr sein.

Die Geheimbotschaft — Seite 47

Die Botschaft lautet:
SACK MIT GELD AUF SCHLOSS RABENZAHN HINTER SCHORNSTEIN
WALDO
Der Sack mit dem Geld befindet sich hinter dem zweiten oberen Schornstein von links.

Das jähe Ende der Margeritha Konolli — Seite 48

Rita Pink hat unzählige Kaktusstacheln an ihrem Arbeitsmantel. Die können nicht aus dem Büro, sondern nur aus dem Gewächshaus stammen. Rita musste sich über den Kaktus beugen, als sie die Margeritha Konolli auf das unterste Fach des Regals in die Dunkelheit verbannte.

Eine Spur von Mickey Cool — Seite 50

In der alten Schmiede steht Mickey Cools Werkzeugkasten mit seinen Initialen MC. Kalle hat den Safeknacker damit auch bei der U-Bahn-Station gesehen.

General Pfaffenburg ist verschwunden Seite 52

Der Chauffeur hat das Gemälde von General Pfaffenburg schon im Kofferraum des Autos versteckt. Er hat es im Auftrag eines Kunstliebhaber geklaut und will es ihm gleich bringen.

Tufftels neueste Erfindung Seite 54

Kalle muss nicht lange suchen. Die Dame im Bild rechts hat die Notiz mit der Geheimformel mit andern Akten unter ihrem Arm.

Das Fotopuzzle Seite 57

Die Erkennungsnummer von Luzzi lautet:
479901

Nicht jedes Schwein hat Glück Seite 58

Dollys Vermutung ist sehr richtig! Der Dieb hat Pinky in eine Schultertasche gesteckt. Er macht sich gerade am rechten Bildrand, noch in derselben Ausstellungsreihe, in der Dolly steht, davon.

Die Suche nach dem Kaffeetassendieb Seite 60

Während Gitta draußen war, hat Zebbel Gratzke die schwarze Tasche aus dem Regal entfernt. Als Gitta zurückkommt, fehlt am Schlüsselbrett ein Schlüssel. Er steckt jetzt im Schloss des Schrankes seines Arbeitstisches. Zebbel hat die Tasche mit den geklauten Kaffeetassen dort versteckt.

Ein Pokerspielchen um Mitternacht Seite 62

Der klare Gewinner der Pokerrunde ist Sam Mock. Der gerissene Falschspieler hat nämlich noch zwei Asse in seinen Karten stecken, obwohl schon drei auf dem Tisch liegen. In einem Kartenset gibt es aber bekanntlich nur vier Asse.

Kunst mit Tücken Seite 65

Eine schlechte Fälschung ist dieser Stich allerdings. Im 16. Jahrhundert gab es beim besten Willen noch kein Telefon.

Übergabe im Schuhgeschäft Seite 66

Der Einzelschuh mit dem versteckten Mikrofilm befindet sich links vom Kopf des Verkäufers, gleich über seinem Ohr.

Der große Unbekannte Seite 68

Das gesuchte Paket liegt auf dem mittleren Regal, gleich links von der Tür. Die Adresse des großen Unbekannten lautet:

Adelbert Flo
Rosinenstr. 4
Binsen

Die süße Verführung Seite 70

Die Schuhabdrücke im Mehlstaub verraten den Dieb. Sie stammen zweifellos von Turnschuhen. Und solche trägt nur der Botenjunge Donald.

Herr Schummel schummelt Seite 73

Rollbert Schummel will am 30. Februar geboren sein. Aber einen 30. Februar gibt es nicht.

Vom Knast zum Fußballspiel Seite 74

Willi sitzt unten in der ersten Reihe, gleich links hinter dem Eisverkäufer. Billi befindet sich nahe der oberen linken Bildecke; hinter dem Herrn mit schwarzem Bart. Oder ist es Billi, der unten, und Willi, der oben sitzt?

Auf die Finger geschaut Seite 76

Gitta wird die Spur von Mäxi Quer aufnehmen müssen.

Miss Pforzlau Seite 78

Gitta hat in Nellas Treppenhaus einen Handschuh entdeckt. Der zweite Handschuh des Paares befindet sich bei Mary Zwielich in der Ablage unter dem Fernsehgerät. Mary ist also doch in Nellas Haus herumgeschlichen.

Die Hai-Motte Seite 81

Die Hai-Motte flattert in der rechten oberen Ecke.

Die anonyme Notiz Seite 82

Gitta sieht rasch, dass die Köchin in ihren täglichen Menüplänen Montag mit »h« schreibt. Mohntag – der gleiche Fehler wie in der Erpressernotiz. Sie hat es also auf den Ring des Grafen abgesehen.

Ein köstlicher Schinken Seite 85

Pauli Speck lügt. Das Hofbräu-Pferderennen findet nämlich laut dem Plakat auf der Litfaßsäule im Hintergrund erst am Samstag, dem 19. Juni, statt. Heute ist aber erst Freitag, der 18. Juni. Also hat er den Schinken bei sich.

Der Schnurrbart Seite 86

Neros nasse Schuhe und Schirm im Badezimmer beweisen, dass er noch vor kurzem draußen im Regen war. Also lügt er.

Lunte gerochen Seite 89

Der Herr auf der Treppe, links neben dem winkenden Jungen mit Rucksack, ist der heimliche Kaviarschmuggler. Sein Koffer fehlt im Laderaum. Er hat Kalle entdeckt und ist verduftet.

Fahndung nach Steckbrief Seite 90

Dino kommt soeben aus der Ankleidekabine am linken Bildrand.

Zu Gast im Güterfloh Seite 92

Gitta hat die Kerze im unteren rechten Fenster entdeckt. Sie muss über Nacht, als Kalle schlief, angezündet worden sein, denn in der Morgenansicht des Hauses ist sie fast ganz heruntergebrannt.

Das streng geheime Marsmobil Seite 95

Willmar Pfaff lügt. Er behauptet, ohne seine zu Hause vergessene Lesebrille hätte er des Professors Papiere gar nicht studieren können. Aber die Morgenzeitung kann er offenbar ohne Brille problemlos lesen! Also braucht er gar keine Brille!

Der Tresor Seite 96

Wenn man im Taschenrechner die Zahl 7353 eintippt und den Rechner auf den Kopf hält, ergibt sich das Wort ESEL. Somit lautet die richtige Zahl 7353.

Wer ist Zorro wirklich? Seite 98

Die Zahl lautet 4437925. Das ist die Telefonnummer von Aldo Möchelwutz – oder eben Zorro, dem berüchtigten Chef der Fliegenpilzbande!

Verschneite Zigarren Seite 100

Theo Fitsche sagt nicht die Wahrheit. Die Spuren seiner Schuhe und seines Gehstockes im Schnee zeigen deutlich, dass er nicht nur vor, sondern auch in Dillys Tabakladen war.

Schweinsburger Porzellan Seite 102

Wenn jemand durch die Kanalröhre geflüchtet wäre, müssten das Spinnennetz zerstört und die Gräser zertreten sein.

Ein Spielchen mit Hosenknöpfen Seite 104

Nolles Behauptung, nie in der Kraken-Knelle gewesen zu sein, kann nicht stimmen. Er trug draußen nur ein Unterhemd, seine Jacke mit der Nr. 12 hängt drinnen in der Kneipe, über der Lehne des Stuhls links vom Clown. Er muss also schon vorher im Lokal gewesen sein und sie dort abgelegt haben.

In fremden Betten Seite 106

Auf der Videoaufnahme trägt Pillo gestreifte Socken. Auf dem Nachttisch stehen seine Turnschuhe. Nur der Matratzenträger in der linken Bildecke trägt dieselben Schuhe und Socken. Gitta liegt mit ihrem Verdacht also goldrichtig! Pillo Storz schleicht sich als Matratzenträger aus dem Geschäft.

Der falsche Kolletti Seite 109

Die zwei identischen Bilder befinden sich in der obersten Reihe in der Mitte und in der zweituntersten Reihe links.

Einträgliche Zauberei Seite 110

Abra Kabra befindet sich im Hinterraum der Bar; dort, wo die Rauchringe aufsteigen. Das Plakat an Abra Kabras Zauberbude zeigt, dass er auch »Kunstraucher« ist.

Die kleine Louis Philippe Seite 112

Wer sorgfältig gelesen hat, weiß, dass die kleine Louis Philippe stets zehn Minuten nachgeht. Laut dem Plakat in Pfündles Laden gehen alle seine Uhren ganz genau. Sie alle zeigen 11.45 Uhr – außer eben der Louis Philippe. Sie zeigt als Einzige erst 11.35 Uhr und befindet sich im untersten Regal des Schaukastens.

Treffpunkt Würstchenbar Seite 114

Die Herren haben die Zeitungen vertauscht. In Milzos »Neue Post« muss die Diskette versteckt sein.

Lozze und das Cello Seite 116

Wenn Lozze nichts vom Cello gewusst hätte, wie er behauptet, wäre er in der Dunkelheit wohl auch darüber gestolpert. Weil er aber automatisch einen Bogen darum herum gemacht hat, als er die Lampe aus der Küche holte, muss er es selbst zuvor dort abgestellt haben.

Das dritte Dino-Ei Seite 118

Es war tatsächlich der Assistent Gerd Pökle, der das dritte Dino-Ei entwendet hat. Zu dumm, dass er seinen Laborschlüssel verloren hat, als er über die Glasscheibe der Dinosaurieranlage stieg. Der Schlüssel liegt am rechten Bildrand, gleich neben Gitta.

Besuch im Mondschein Seite 120

Der Schnüffler heißt Klimo Katz. Man erkennt ihn an der großen Brille, den abstehenden Ohren und der Mütze, die er auf dem Foto in der Hand trägt. Er wollte tatsächlich herausfinden, wann Joe ankommt, und ein Stück Mondgestein erschleichen.

Kleinanzeige Seite 123

Die Anzeige ist ein verschlüsselter Aufruf an die Bandenmitglieder. Er lautet im Klartext:

KLIPP-KLAPP-BANDE
WICHTIGE MITTEILUNG!
AN ALLE BANDEN-MITGLIEDER.
KOMMT DIESEN MITTWOCH UM
19.30 UHR IN DEN GASTHOF
ZUM BLAUEN OCHSEN. DIE HEISSE
LIEFERUNG VON OTTO IST
ANGEKOMMEN! WER NICHT DA
SEIN WIRD GEHT LEER AUS.
DER CHEF

Was geht vor auf Schloss Krötenfuß? Seite 124

Schlüssel I passt in das Schloss 1. Schlüssel Q passt in das Schloss 2. Schlüssel L passt in das Schloss 3. Schlüssel B passt in das Schloss 4.

Der falsche Polizist Seite 126

Der falsche Polizist marschiert in der sechsten Reihe von vorn. Es ist der Zweite von links in der Reihe auf der Höhe der Zuschauerin mit der Sonnenbrille.

Der Café-Schleicher Seite 128

Volker Dämlich kennt das Café Klopf sicher und muss auch schon dort gewesen sein. Er hat nämlich ein Streichholz-Briefchen aus diesem Lokal bei sich herumliegen. Gitta hat es auf seinem Tischchen in der rechten Bildecke entdeckt.

Ein Schläfchen für Boxhandschuhe Seite 131

Doro hatte es schon lange auf Jonnys berühmte Boxhandschuhe abgesehen. Sie selbst war es, die ihrem Chef Schlafpulver in den Kaffee gemischt hatte. Sie behauptet, dass Schnarr vor ihren Augen eingeschlafen sei, in Wirklichkeit aber hat sie dann den Brief vor Schnarr gelegt und ihm den Füller in die rechte Hand geschoben. Doch das war ein Fehler, denn ihr Chef ist Linkshänder, wie das Foto auf dem Regal beweist!

Parkchaos Seite 132

15 Autos müssen umgeparkt werden, bis Kalle und Gitta endlich starten können!

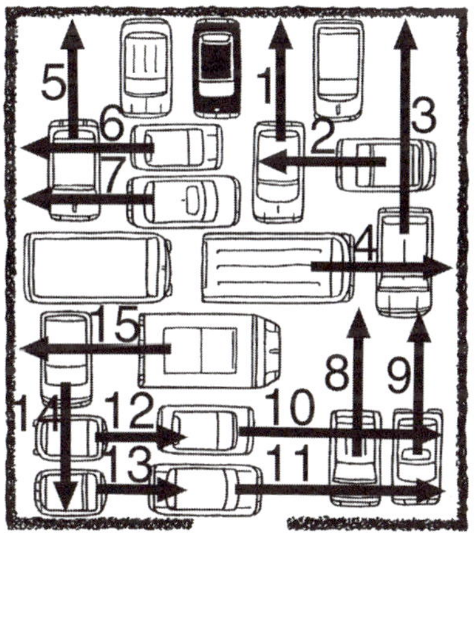

Ach, du liebe Pizza Seite 134

Gitta ist das Plakätchen nicht entgangen, auf dem es heißt, dass Pizza King-Hawaii nur samstags und sonntags erhältlich ist. Heute ist aber (ein schwarzer) Donnerstag und Arno hat sicher keine solche Pizza gemacht. Da er lügt, passt alles zusammen: Er war eben noch mit dem falschen Wettschein im Wettbüro!

Das verschwundene Ferkelhörnchen Seite 136

Der Fotograf muss bereits im Hörnchengehege gewesen sein. Kalle fand nämlich eine seiner Filmspulen, die er dort bei seinem nächtlichen Besuch verloren haben muss. Die Spule liegt gleich über Kalles Kopf zwischen den Gräsern.

Kotelett und Seifenblasen Seite 139

Fenzi kann Gitta nicht lange an der Nase herumführen. Die Flasche mit Schmierseife rechts hinter dem Mixer ist schon etwas fehl am Platz zwischen all den Gewürzen und Zutaten! Klarer Fall!

Nixe auf Abwegen Seite 140

Der Butler behauptet, er habe die Diebe genau um 9.15 Uhr in der Bibliothek erwischt, als sie gerade die Wanduhr heruntergerissen und zu Boden fallen ließen. Das dürfte wohl das Ende der Uhr gewesen sein und sie müsste auf der Stelle stehen geblieben sein. Die Uhr zeigt aber 10.00 Uhr. Demnach liegt es nahe, dass der Butler den Einbruch selbst um 10.00 Uhr nachgestellt hat, um sich die kleine sitzende Nixe anzueignen.

Scharfe Zähne Seite 142

Der Eindringling schiebt sein Fahrrad vor dem Auto am linken Bildrand. An seinem Hosenbein fehlt der von Stuppsi ergatterte Stofffetzen.

Kaugummi mit Fußballbildchen Seite 145

Yolanda entdeckt im Rückspiegel, dass eine der Plastiktaschen der Dame vom Kiosk Flohgasse stammt. Also war die Dame doch im Kiosk. Und da sie dies bestreitet, wird sie wohl auch die Kaugummipackungen geklaut haben.

Ein Sänger zu viel? Seite 146

Kalles Vermutung ist richtig. Ole Wirbloz hat sich tatsächlich unter die Sänger gemischt. Er muss wohl auch ziemlich falsch singen, denn er hält das Notenblatt verkehrt herum. Ole ist der Zweite von rechts in der zweiten Reihe von unten.

Mal rechts, mal links… Seite 148

Gitta wird die Schlaue Milly und vielleicht auch die ganze Stumpfe Nase im Häuschen am Ende des Sträßchens Pilzeck antreffen können.

Der blaue Bugatti Seite 150

Toyle hatte den Dieb nur wegrennen und etwas unter dem Mantel verstecken sehen. Wie will er aber wissen, dass dieser den blauen Bugatti gestohlen hatte? Er rief ja Kalle direkt von der Bar an ohne zuerst in die obere Etage seines Ladens zu gehen, um zu sehen, was fehlt. Ein klarer Versicherungsschwindel!

Bilderrätsel Seite 152

Gitta wird sich heute Abend im Kleintheater Pudel den Gewichtheber vorknöpfen können. Laut Auflösung der verschlüsselten Mitteilung ist er der Boss des Agentenrings Schwarzer Hund.

Die Hundezahnreinigungsmaschine Seite 155

Stieferle kann an einem Dienstagnachmittag gar nicht im Restaurant Zur Katz nebenan gewesen sein. Das Schild im Fenster weist nämlich darauf hin, dass das Lokal dienstags geschlossen ist.

Ludo auf der Flucht — Seite 157

Nichts weist darauf hin, dass Ludo durch Fenster oder Dachluke geflüchtet ist. Wer aber die Garderobe genauer unter die Lupe nimmt, wird entdecken, dass sich Ludo hinter den Mänteln versteckt. Man kann seine Hosenbeine und Schuhe noch sehen.

Der Herr mit den vielen Gesichtern — Seite 158

Nase, Augen- und Ohrenstellung kann Witzmann nicht verändern. So kommt er in der Bildersammlung sechsmal vor. Nämlich: B, D, F, G, I, L.

Ein Liebesbrief in falschen Händen — Seite 160

Gitta hat bemerkt, dass Lora nur einen einzigen Ohrring trägt, der andere liegt am Boden unter Esmeraldas Bett. Lora muss ihn in der Nacht, als sie sich bei Esmeralda einschlich und den Brief aus der Nachttischschublade stahl, dort verloren haben. Lora hat den Verlust entdeckt, ist zurückgekommen, um das belastende Schmuckstück wiederzufinden und unbemerkt wieder an sich zu nehmen.

Drohung durch die Fensterscheibe — Seite 162

Frau Südlich ist die Übeltäterin. Wieso weiß sie, dass der Stein um Mitternacht geworfen wurde? Als Gitta den Bewohnern ihre Frage stellte, hat sie lediglich von »letzter Nacht« gesprochen.

Die verlockende Belohnung — Seite 164

Frau Möttling behauptet, dass sie die Männer aus der Bank habe rennen sehen, als sie in der Eingangstür des Lebensmittelgeschäftes stand. Vor allem hat sie dort aber wohl FRÖSTLES Lieferwagen gesehen, der ihr nämlich die Sicht auf die Bank versperrt hat.

Inhalt